忘れ草秘剣帖2

森 詠

時代小説

二見時代小説文庫

目次

流れ星——忘れ草秘剣帖 2

第一話　忘れ草秘話

1

施療院の裏の樹林から、ひぐらしの鳴き声が響いてきた。それは、まるで、終わろうとしている夏を惜しむかのようだった。

暑さは彼岸を過ぎたあたりから和《やわ》らいで、過ごしやすくなった。それでも昼日中《ひるひなか》はじっとしていても汗ばむほどに暑苦しい。

おさきは濡れた手拭いで、寝床に横たわったお吟《ぎん》の顔をそっと拭《ぬぐ》った。

しっとりとした陶器のような滑らかなお肌をしている、とおさきは思った。

指先で肌を突いても、張りがあって、すぐに元に戻りそうだ。

眉は眉墨で描いたわけではないのに、くっきりと弓のような弧を画いている。

すっきりと通った鼻梁。女でも触れてみたくなるような魅惑的で形のいい唇。頰からうなじにかけてのしっとりとした艶色。

おさきは、お吟の成熟したおとなの女の美しさに軽い嫉妬《しっと》を覚えた。

私も、こんなお吟さんのような女になりたい。

進之介《しんのすけ》さまのお吟さんを見る目が、私を見る目と違うような気がする。

おさきはふっと溜め息を洩らした。

お吟が施療院に運び込まれてから、今日で十日が過ぎた。あいかわらず、お吟はこんこんと眠っている。

お吟が肩から胸にかけて袈裟懸けに受けた斬り傷は予想以上に深く、鎖骨や肋骨も切り裂いていた。

それでも幸いしたのは、鎖骨や肋骨は一太刀で綺麗に裁断されていたことだ。

一太刀ですっぱりと斬られた骨や皮膚は、錆びた刀やなまくら刀で力まかせに斬られた複雑な切り口の傷よりも接着しやすく、縫合《ほうごう》手術も比較的容易であった。

しかし、お吟の場合、太刀は肺臓を傷つけ、さらに肺静脈の一部も切断していた。

そのため、運ばれて来る途中から、すでに大量出血をしていた。

いくら血を止め、骨や皮膚や筋肉の融合手術が成功しても、多量に失われた血を取り戻すことはできない。

お吟の顔は血の気を失い、まるで死人《しびと》のように青白くなっていた。頭に回る血も少なくなったためか、意識も失われていた。

康庵《こうあん》の診断では、外科の手術は成功したものの、このままではお吟は助からないだろうということだった。

助ける方法は、ただひとつ、シーボルト先生伝来の輸血しかないという。

康庵は、弟子で医師見習いの万蔵《まんぞう》に、シーボルト先生から学んだ輸血術を実地にやってみようといった。

お吟は大量に血を失って死にかけている。そんなお吟を助けるためには、他人の血を抜いて、お吟の軀《からだ》に注入して補《おぎな》えばいい。

康庵の話を聞いて、おさきは恐ろしさに身が震えた。

「なに、そんなことは西洋医学では、なんでもないこと。長崎で、わしはシーボルト先生が患者に輸血をほどこしながら、開腹手術をしておったのを、この目で見ておる」

康庵はそういい、看護見習いのお里《さと》に、注射器や注射針をよく鍋で煮沸《しゃふつ》するように指示した。

そういう康庵も、これまで実際に人に輸血をしたことはない。一か八《ばち》か、自分の手で輸血をやってみようというのだった。

輸血をするにあたって、合う血と合わない血がある。お吟の血を少量抜いて、いくつかの皿に分けて入れ、おさきや看護人たちから採った血を混ぜてみる。凝固したら、その血はお吟に注射するわけにはいかない。混ぜても凝固しない血が、お吟と合う血ということになる。

血液検査の結果、おさきをはじめ看護人やお手伝いの四人がお吟の血と適合する血の持ち主であることが分かった。

おさきは血を抜かれると聞いて身震いしたが、お吟を助けたい一心で、真っ先に血の提供を名乗り出た。

おさきは寝床に横たわり、腕を差し出した。康庵自らが太くて長い注射器をとって、おさきの腕から、ゆっくりと血を抜いた。

康庵がどれほどの血を抜いたのかは、おさきには分からない。太い注射針が腕に刺さるのを見るのさえ恐かったので、目を瞑《つむ》っていたからだ。

血が抜かれたあと、おさきは頭がくらくらして、すぐには立てなかった。

おさきは血がたっぷり入った竹筒ほどの太さの注射器が、お吟の腕にあてられるのを眺めていた。

康庵はお吟の腕に太い針を刺し込み、ゆっくりと注射器の中の血を押し込んでいく。

輸血がはじまってから、ほどなくお吟の顔に赤みが差しはじめ、みるみるうちに生気を取り戻していくのが分かった。

康庵先生も助手の万蔵も、予想以上の効果に大満足の様子だった。

血色を取り戻したものの、お吟はまだ意識を失ったまま目覚めようとしなかった。

だが、時々、身じろいだり、びくっと軀を動かすことがあり、きっと夢を見ているのだろう、とおさきは安心した。

夢を見るくらいだから、いつか必ず意識を取り戻してくれる。進之介さまの時もそうだった。きっとお吟さんも気がついてくれる。

輸血以来、おさきはお吟に姉妹のような親密さを覚えていた。血の繋《つな》がる兄弟姉妹がいない一人っ子のおさきにとって、これで本当に血を分けた姉妹ができたと思った。

康庵が助手の万蔵や看護人の初江《はつえ》を従えて、回診にやって来た。

おさきは枕元の席を康庵に譲って退いた。

「どれどれ、傷の具合はいかがかな」

康庵は寝ているお吟の着物の前を開いた。

お吟の上半身は、鎖骨や肋骨が動かないように、左肩から首や脇の下にかけて、さらに左の乳房や胸を白い晒し木綿でしっかりと巻き上げて固定してある。

「万蔵、鋏《はさみ》を」

「はい」

康庵は万蔵から裁《た》ち鋏を受け取り、巻きつけてあった晒しに鋏の刃を差し込み、徐々に切り開いていった。お吟は身じろぎもしなかった。

やがて豊かで形のいい乳房が露《あら》わになった。晒しの下から縫合した傷にあてた白布が現れた。布に一筋の乾いた血が滲んでこびりついている。

康庵はシーボルト先生から贈られたという聴診器を取り出し、おもむろに左の乳房のやや上にあて耳を近づけた。

おさきは見ているだけで、まるで自分がそうされているような恥ずかしさを覚えて、耳まで赤くなった。

「うむ。心臓はちゃんと搏《う》っている。万蔵、おまえも聞いてみい」

「はッ」

医師見習いの万蔵は、素早く膝を進め、いくぶん顔を赤らめながら、お吟の乳房にあてた聴診器に耳を近づけた。

「はい、確かに規則正しい鼓動が聞こえます」

万蔵は目の前にあるお吟の豊満な乳房にどぎまぎしながら目を逸《そ》らした。

「それが正常な心搏音というものだ。よう覚えておくように。どれ、傷の具合はいかがになっておるかの？」

康庵は無造作にお吟の晒しをめくり、両方の乳房を露わにさせた。傷にあてた白い布をゆっくりと剝がしていく。

一筋の赤い肉色の刀傷が現れた。傷を跨《また》いで縫合した絹糸が見える。

痛々しい刀傷は、お吟の左肩から乳房を通り、胸骨付近から右の乳房の下部を抜けて走っている。傷は融合し、ほとんど治っている様子だった。

「抜糸《ばっし》する。初江、鋏を」

「はい、先生」

看護人の初江は、用意していた小さな銀色の鋏を、さっと康庵に手渡した。

康庵は鋏の刃を無造作に絹糸にあて、次々に切って抜いていく。

「糸は残っていても、いつか融けて消える。心配しなくていいぞ」

康庵は抜糸を終わると、指先で乳房をちょんちょんと押した。

「おお、いい具合だ。もう、ほぼ元の通りだのう」

康庵はにやっと歯を見せて笑った。

おさきは康庵をぐっと睨んだ。

「先生、お遊びが過ぎますよ」

「これも医者の務めだがのう」

康庵は空気が洩れるような音をたてて笑った。

万蔵も康庵の真似をし、指を出しかけていたが、おさきに睨まれたので、慌てて手を引っ込めた。

「ふむふむ」

康庵は板の副木《そえぎ》をあてて晒しで固定してある左肩付近を調べた。康庵が左肩を押すと、かすかにお吟が眉根をひそめて苦痛を訴えた。

「うむ。こちらの骨もどうやらついたようだが、もう少し時間がかかるのう」

康庵は初江と看護見習いのお里に、

「診療室から新しい晒しを持って来てくれ。晒しを交換して巻き直す」

「はい」「はい」

初江とお里は、そそくさと立って診療室へ戻って行った。

「万蔵、患者の軀を起こして着物を脱がすんだ」

「はいッ」

万蔵は元気に返事をし、お吟の上半身を抱き起こした。着物を脱がそうとしたが、お吟の上半身がぐらつき、手間取っていた。

「私がお手伝いします」

たまりかねて、おさきが膝で進み出た。

着物の袖からお吟の腕を出し、上半身を裸にした。万蔵はお吟の裸身を支えながら、やや顔を上気《じょうき》させていた。

「万蔵、患者を女子《おなご》と思うな。女子だと思うから意識してしまう。女子でなく物と思え。そうすればなんでも平気に扱える」

「はい」

万蔵は額に汗を浮かべた。

おさきは康庵の説教を聞きながら、下を向いてくすくす笑った。

看護人が新しい晒しを持って来た。万蔵とおさきがお吟の軀から古い晒しを外した。晒しを巻いていた箇所がかぶれて赤くなっている。

康庵は軟膏をかぶれた箇所に薄く伸ばして塗った。

「万蔵、鎖骨や肋骨が動かせぬよう、しっかり晒しを巻いて固定する。よいな」

康庵は慣れた手つきで、晒しをお吟の軀にぐるぐると巻きつけた。

巻き終わったところで、浴衣の袖を通し、また元のようにお吟を寝床に横たえた。

「これで、あと半月も養生しておれば、骨もつき、傷も癒えて以前のように歩けるようになる」

康庵はそう太鼓判を捺《お》した。

おさきはお吟の顔を濡れ手拭いで拭《ふ》きながら話しかけた。

「お吟さん、先生のお話を聞きました？　あとは目を覚ますだけですよ」

いくら意識がなくても、耳で聞いているはずだ、とおさきは思っている。

突然、お吟の目蓋《まぶた》がぴくりと動き、うっすらと目が開いた。

「こ、ここは？」

康庵が鷹揚にうなずいた。

「わしの施療院だ。安心されたがいいぞ」

「進之介さまは？」

「うむ。無事だ。もう、ぴんぴんして剣術の指南を受けている」

「よかった」

お吟はほっとした顔になった。

おさきは少し嫉妬を感じた。

「おぬしはわしの名手術のおかげで、あの世に行かずに済んだのだぞ」

康庵は、時々自画自賛するのが玉に疵《きず》だった。

おさきは呆れながら康庵を見つめていた。

「ありがとうございます」

「もっとも、おぬしは、このおさきから貴重な血を分けて貰っている。いってみれば、おぬしとおさきは血を分けた姉妹のようなものだ。まあ、おさきに礼をいうのだな」

お吟はおさきに目を向けた。大きな憂いを含んだ黒い瞳がおさきを優しく見つめた。

「おさきさん、ありがとう」

「どういたしまして」

お吟はすがるような目でおさきにいった。

「お願いがあります」

「なんでしょう?」

「進之介さまを呼んでいただけませんか?　折り入って内密なお話が……」

おさきは一瞬、戸惑い、康庵を見た。

「まあ、いいだろう。誰かに、進之介を呼んで来させなさい」

「いえ、私が行きます」

おさきは、そういって席を立った。

内密なお話ってなんなのだろう？

心の中が嫉妬や猜疑心の入り混じった思いで泡立っていた。

2

晩夏のまだ熱のこもった陽射しが、松林に差し込み、大地に淡い斑《まだら》の木漏れ日模様を作っていた。

鏡《かがみ》進之介は、大原一真《おおはらかずま》が腕組みをして見守る中、松林の中を駆け巡り、必死に野太刀の稽古に励んでいた。

松林の樹間から澄み切った青空を背景にして、霊峰富士のなだらかな稜線が垣間見える。

松林の中のところどころにある空き地に百合の花が海から吹き寄せる風に揺れていた。

進之介は何度も深呼吸を繰り返し、再び木剣を右手だけで上段に振り上げ、そっと左手を柄《つか》に添《そ》えた。

大原一真は腕組みをし、進之介を叱咤《しった》するようにいった。

「そうだ。自然に任せろ。おまえは覚えていなくても、必ず軀が覚えている。橘玄《たちばなげん》之典《のすけ》の構えを見ただろう？　あれがおまえが体得したはずの示現流《じげんりゅう》の構えだ。おまえも示現流を体得していたら、あの構えになるはずだ」

「はいッ」

橘玄之典の高笑いする顔が目に浮かんだ。

玄之典の軀が巨大になり、自分にのしかかってくるような威圧感を覚える。

玄之典は右八双の構えから、右手で大刀を高々と上げ、左手を柄に添えた。大刀の剣先をぶらぶらさせていたかと思うと、いきなり凄まじい速さで斬り込んで来た。

とても受けることはできない、と進之介は思った。

玄之典が刀で打ち込んで来た時、お吟が懐剣を手に玄之典の前に飛び込んで来た。白刃《はくじん》がきらめき、お吟が軀で受けてくれた。

本当なら、あの時、自分が斬られていたところだった。玄之典の打ち込みの速さに比べ、己の動きはあまりにも遅い。

進之介は脂汗が噴き出るのを感じた。

「進之介、雑念を捨てろ。無心になれ」

「はいッ」

進之介は頭の中から雑念を吹き払った。

玄之典の姿が消えた。お吟の姿も吹き払った。ようやく肩の力が抜けた。

無念無想の境地にならねば。

次第に呼吸が落ち着いてくる。

「忘れるな。トンボの構えを取れ」

「はいッ」

進之介は無意識のうちに木刀を握った右の拳を耳元に引きつけた。自然に左手を添え、左腕の肘を胸元にぴったりとつけた。

握った木刀を右手首で動かした。左手は柄に添えたままだ。木刀を右斜め上方に突き上げ、剣先を上下に振る。

「進之介、木刀に添えた左手の肘は胸につけたまま絶対に動かすな。左肘はないものと思え」

「はいッ」

そうだ。この感覚だ。確かに昔修行した覚えがある。

左肘を胸につけて固定すれば、肘を支点にして、右手に握った木刀を回転させながら打ち込むことができる。

打ち込んだ木刀を戻すにも、左肘を支点にしているので、回転をつけて素早く戻せる。

戻せばまた素早く打ち込むことができる。

その繰り返しだ。

チェーイ！

進之介は気合いと同時に虚空《こくう》に向かって、何度も木刀を振り下ろした。どんどん木刀を振る速さが増していく。

進之介は次第に軀が記憶を取り戻しつつあるのを感じた。

「そうだ。左肘を胸につけたまま、右拳の木刀を物を投げるようなつもりで捻《ひね》り打ちしろ。左手は柄を離さず添えるだけでいい」

「はいッ」

進之介は、いわれるままに左手の肘を胸につけて固定し、右手で木刀を捻るようにして打ち下ろす。

木刀は空を切り、唸《うな》りを上げた。ただ振り下ろす打ち方と違い、捻りの回転がついている分だけ、当たれば打撃力はかなり大きい。すぐさま木刀を引き戻し、また打ち下ろす。

何度も繰り返すうちに、その一連の動作が以前にやっていたことであるのを軀が思い出していた。振り下ろす度に、自然に足も前後に動く。

「進之介、打突《だとつ》の要諦は、どの流派でも打ち込む速度だ。稲妻のように目にも止まらぬ速さであれば相手は受けようがない」

「はいッ」

「いまは稲妻のごとくになれずとも、流れるように速く打て。相手が対応できぬくらいに速く打つのだ。無心のうちに、軀がそう動くようになるまで立ち木打ち、横木打ちを繰り返すんだ」

「はいッ。先生」

「よし。やってみろ！」

チェーイ！

裂帛《れっぱく》の気合いをかけた。

気合いと同時に進之介の軀は、矢が弦《つる》から放たれたように走り出した。

木々の間を滑らかに走り、右へ左へ身を躱《かわ》しながら、次々に白布を巻いた立ち木の幹に打ち込んでいく。

回転がかかった木刀は唸りを上げて、立ち木の幹を撃打する。その度に、打たれた木々の枝や葉は震え、かさかさと葉音を立てた。

驚いた小鳥たちが羽音を立てて林から飛び立った。

進之介は野袴の裾を翻《ひるがえ》し、一気に斜面を駆け上がった。

立ち木を何度も打つと、すぐさま身を翻し、次の立ち木に駆け寄って、また気合いもろとも木剣を打ち振るう。

左肘を胸から離すな。

肘が胸から離れれば、両手で木刀を握ることになり、木刀の振りが不安定になる。不安定になれば、振り下ろす木刀の速度が遅れてしまう。

一瞬でも遅れれば、相手に先《せん》を取られる隙ができる。それは致命的な遅れだ。

進之介は、どんなに体勢が乱れても、左肘を胸から離さず捻り打ちを続けた。

カーン。コーン。

立ち木に打つ度に、鼓を打つような甲高い木音が樹間に響きわたった。

「最後の一本まで、気を抜くな。生きた戦士だと思え」

進之介はだんだん息が切れてきた。足も縺《もつ》れる。汗が背筋に湧き出した。

チェストー！

進之介は三十二本の立ち木を打ち終え、最後の立ち木の前に立って止まった。

一際大きな気合いもろとも、木刀で立ち木を袈裟懸けに打ちのめした。

荒縄で縛った立ち木の的が削れて飛んだ。

残心《ざんしん》。

しばしの間、進之介は半眼にして、木刀を下段に構え、荒々しく肩で息をした。

松林を抜けてくる弱い海風が汗をかいた肌を優しく撫でる。

さすがに三十三本の立ち木を連続して打てば息が上がる。

しかし、まだまだ、こんなことではだめだ。一真先生のようにならなければ、と進之介は思う。

「進之介、油断するな。敵が四方八方から斬りかかると思え。気を配るんだ」

斜面の下から大原一真の声がかかった。

「はいッ」

進之介は呼吸を整え、目を伏せ、周囲の殺気を探る。どこから来るか分からぬ敵の攻めに備える。

あたりは静まり返っていた。ふと背後の松林に、人の気配を感じ取った。誰かに見られている。だが、殺気はない。

先生か？　いや違う。先生は斜面の下にいる。気配は動かない。気にせず稽古をそのまま続行するしかない。

二呼吸、三呼吸。

松林の奥の草地に小さな社《やしろ》がある。その前に設《しつら》えた横木を睨んだ。

チェストー！

進之介は気合いもろとも飛鳥のように駆け、社の前に躍り出た。

進之介は擦り足で横木の前に走り出て、気合いもろとも斜め上方から捻りを入れて横木に打ち下ろした。瞬間、退きながら、また一撃を加える。その繰り返しだ。

横木は打ち込まれる度に跳ね上がり、何本かが真中から折れた。

「打って打って打ちまくれ」

チェストー！

進之介は躍り上がるようにして、これでもか、これでもか、と一心不乱に横木を打った。

目の端に大原一真の姿があるが、微動もしないで、じっと進之介を睨んでいた。

「あと三十本！　しっかり打ち込め」

「はいッ」

およそ合計で五百本を数えたところで、

「よーし、やめ！」

の声がかかった。進之介は最後にもう一本、仕上げの一撃を横木に加えて飛び退《すさ》った。

八双《はっそう》の構えをとり、呼吸を整える。

残心。

無念無想。

浜辺に打ち寄せる波の音があたりに響いてきた。

胸の鼓動が次第に落ち着き、呼吸も穏やかになった。

「拙者が知っている薬丸野太刀自顕流《やくまるのだちじげんりゅう》、示現流は、そんなところだ。だが、進之介、おまえはまだ打ち込む速度が遅い。立ち木、横木を打ちのめす打撃力もほしい」

「はいッ」

「橘玄之典よりも速く、かつ誰よりも速く打てるようにしろ。それには、基本を繰り返すしかない。そして体力、筋力をつけることだ」

大原は腕組みをしたまままいった。

大原一真の言葉ひとつひとつが進之介の心に突き刺さった。

「よし。今日のところは、これでよかろう」

「はい。先生、ありがとうございました」

進之介は帯刀《たいとう》の姿勢を取り、大原一真に一礼した。

「うむ」

大原一真も一礼したのち、今度は社に向かっても、一礼した。

進之介もあわてて社に一礼した。

進之介は全身びっしょりと汗をかいていた。近くの木の枝にかけておいた手拭いを取り、顔から首筋にかけての汗を拭った。

「先生、いつから、先生の溝口《みぞぐち》派一刀流をお教え願えるのでしょうか？」

これまで先生とは竹刀《しない》での掛かり稽古ばかりをしている。

いくら進之介が本気になって大原一真に打ち掛かっても、竹刀をすんなりと躱されてしまう。それでも、一、二度お情けのように勝ちを譲ってくれたが、先生は溝口派一刀流についてはまだ何も教えてくれなかった。

大原一真は微笑んだ。

「そう焦るな。おまえは、まだ基本の修錬を積んでいるところだ。おまえの技量を見極めたところから、溝口派一刀流の極意を教える。他流を習う前に、まずおまえが身につけた示現流、薬丸野太刀自顕流の剣技を十分に躯で思い出すことが先決だ。そうすれば他流の修錬もしやすい。自分の流派と比較し、どこがどう違うのかが分かってくる。そうなるまでの辛抱だ」

「は、はい。……」

進之介は、自分の技量がまだまだ他流の剣法を習うまでに達していないといわれたように思い、恥じ入るのだった。

「私が見るところ、おまえの太刀筋は決して悪くない。おまえは示現流、薬丸野太刀自顕流の目録を得ていたのではないか、と思っている。しかも、太刀筋に別の流派も感じるが……」

大原は言い淀んだ。

「何か?」

「うむ。その話はあとにしよう。いまは、せっかく身につけたはずの、その示現流、薬丸野太刀自顕流を思い出すことだ」

「先生、分かりました。どうか、よろしくご指導のほどを、お願いいたします」

進之介は頭を下げた。大原一真は大きくうなずいた。

「では、先に参るぞ。おまえは、ゆっくり汗を拭って来なさい」

大原一真はそういうなり、すたすたと斜面を下って行った。

3

進之介は上半身裸になり、手拭いで汗を拭った。

「進之介さま」

背後の樹間から遠慮がちに女の声がかかった。

おさきだった。進之介は振り返った。

樹木の陰からおさきが現れた。さっきの気配はおさきだったのかもしれない。

おさきは木漏れ陽を浴びて、薄暗い林の中に一輪の百合の花が咲いたかのようだった。

「お怪我のほうは大丈夫なのですか?」

「なんの、これしきの傷。たいしたことはない」

進之介は橘玄之典に斬られた左脇腹に手をやった。

康庵が切り傷を乱暴に数針縫ってくれたが、それも、この十日ほどでほぼ癒えている。抜糸した傷跡は一筋の糸のように見える程度になっていた。

躯を動かすと、何かのはずみに、まだ鋭い痛みが走る。だが我慢できないほどの痛みではない。

おさきは進之介の脇を擦り抜け、社の前に進み出た。両手を合わせ、ちょこんと頭を下げた。それで気が済んだらしく、進之介に向き直った。

「まだ稽古をお続けになるのですか?」

「いや。今日は終わりにしようかと思っている」

「康庵先生が進之介さまをお呼びです」

「康庵先生が? なんの用事だろう?」

進之介は襷《たすき》を外し、鉢巻も解いた。小袖の襟を広げ、手拭いで胸や背筋の汗を拭った。

おさきはいうまいか、いおうか、一瞬迷った様子だった。

「お吟さんが気を取り戻したのです」

おさきは上目遣《づか》いにいった。

「おお、そうか。お吟どのが。それはよかった」

「気を取り戻すと、真先に進之介さまの名をお呼びになりました」

「みどもの名を？」

進之介は、それでおさきがいつもと違って不機嫌なのか、と分かった。

「何か、内密のお話があるそうです」

「ほう。みどももお吟どのに、尋ねたいことがあった」

「まあ、進之介さまは、お吟さんがお好きなのでしょ。いつも、お気にかけていらっしゃるもの」

「好きとか、どうかということではない。お吟さんは軀を張って、みどもの命を救ってくれた。いってみれば命の恩人だ。そのお吟どのに早く快復してほしい、と願うのは当たり前ではないか」

「……あたしだって」

おさきはそっぽを向いた。進之介はたくしあげていた袴の裾を下ろしながらいった。

「分かっている。おさきどのも、みどもの命の恩人だ。おさきどのが、重い傷を負ったみどもを必死に介抱してくれたことは、終生忘れはしない」

進之介は笑いながら、木刀を布袋に仕舞い込んだ。社の前に束ねて置いてあった大小を腰に差した。

「さ、帰りましょう」

おさきは機嫌を直した様子だった。

おさきは先に立って林の中を歩き出した。

進之介は大小の刀を腰に差し、木刀の布袋を肩に担いで、おさきのあとを追うように歩き出した。

その時、ふと樹間に人影が動いたような気がした。何者？　進之介は人影があった方角を透かし見たが、誰もいなかった。

4

康庵の施療院は、神奈川宿の街道筋から山側に外れた安妙寺にある。

いつもと変わらず押しかけた病人や、見舞いの者たちで賑わっていた。

進之介とおさきは、廊下を歩き、お吟が寝ている奥の離れに行った。

ちょうど康庵が弟子の見習い医万蔵や看護人の女性を連れ、患者たちを回診しているところだった。

「先生、ただいま参りました」

「おう、進之介、参ったか。待っていた」

康庵はおさきを見ながらいった。

「お吟どのが気を取り戻したとか。容体《ようだい》のほうは、どうなのです？」

「もう大丈夫だろう。傷も癒えている。あとは骨がちゃんとつくまでだ。この分では、あと半月も養生すれば、立って歩けるようになるだろう」

「それはよかった」

「心配しておったようだな」

康庵はにやっと頬髭を歪めて笑い、隣の間の襖を顎で指した。奥の間には、重傷を負ったお吟が寝ている。

「早く行ってやりな。お吟さんは折り入っておぬしに話があるそうだ。人には聞かれたくないことらしい」

「…………」

進之介はうなずいた。康庵はおさきに向いていった。

「おさき、済まぬがちょっと回診を手伝ってくれ」

「私がですか？」

おさきはちらりと進之介を振り向いた。

「うむ。大部屋の女子の患者たちを診る。おさきがいると患者たちも安心するでの」

康庵は万蔵と顔を見合わせて笑った。おさきは名残《なご》り惜しげだったが、康庵たちのあとについて廊下を渡って行った。

進之介は大小の刀を腰から抜き、襖の前に坐った。襖にそっと手をかけた。

「進之介です。開けてもよろしいかな?」

「はい。どうぞ、お入りください」

若い女の声が答えた。進之介は静かに襖を開けた。

寝ているお吟の長い黒髪を櫛で梳《す》いていた娘が顔を上げた。おさきと同じ看護見習いのお里だった。

「お吟さん、進之介さまがお出でですよ」

「あ、失礼した。またのちほどあらためて……」

進之介は慌てて襖を閉めようとした。

「いえ、もう終わりますから」

お里は梳いた髪を束ね、白い布を巻いて止めた。束ねた長い髪を枕の側に流すように置いた。

お吟は「お里さん、ありがとう」とお里にいった。

お里はにっこり笑い、手洗い桶や櫛、手拭いを片づけながら、進之介に「どうぞ」

と枕元の座蒲団を勧めた。

「進之介さま」

蒲団に横たわったお吟が弱々しく笑った。肌の白さが目立つが、だいぶ顔色もいい。

「よかった。お吟どの、お気を取り戻したようで。安心しました。康庵先生も、もう大丈夫だといっておられたし」

進之介は枕元に胡座《あぐら》をかいて坐った。

「進之介さまはじめ、みなさんに、いろいろ、ご迷惑をおかけしまして、申し訳ありませぬ」

「なんの、迷惑だなんてとんでもない。こちらこそ、お吟どのが身を挺して、みどもを庇《かば》ってくれなかったら、命を落としていたところだ。よくぞ、未熟な腕前のみどもを助けてくれた。お吟どのは命の恩人だ。それも二度までもみどもを助けてくれた」

「二度も？」

お吟は目をしばたたいた。

「もう一度は荒れ寺の境内で、腕が立つ浪人者に、無謀にもみどもが立ち向かい、あわや斬られそうになった時、浪人者に手裏剣を打ってくれたではないか。あの時も、みどもは命を救われた」

「……どうして、私だとお思いに？」

「花だ。あの忘れ草の花が築地塀に置いてあった」

「…………」

お吟は微笑んだ。謎めいた笑みだった。

「では、私はこれで」

お里が片づけが終わったらしく、部屋を出て行った。襖が閉まり、進之介とお吟はふたりだけになった。

「進之介さま」

お吟は起きようとした。進之介は押し止めた。お吟は床《とこ》に倒れ込んだ。

「無理はなさるな。何事でござる？」

「他人には口外無用のお話がございます」

お吟は周囲に人がいないかどうかを心配しているかのようだった。

進之介は膝で進み、隣室との襖を開けた。廊下を去って行くお里の後ろ姿が見えた。

庭との仕切りの障子戸を開け、庭先に人がいないのを確かめた。

「お吟どの、大丈夫でござる」

「進之介さまは、本当に昔のことを思い出せないのですか？」

お吟は囁くように訊いた。

「うむ。いかにも」

「探索を逃れるために、記憶を失った振りをしておられるのではないのですか？」

「みどもが探索されている？　なんのことだ？」

「もしや……本当に、私のこともお忘れなのですね」

お吟は悲しげなまなざしで進之介を見上げた。

「お吟どののことを？　みどもは、お吟どのをよく知っていたといわれるのか？」

「………」

お吟は蒲団の襟を白くて細い指で摑み、首を縦に振った。目に泪《なみだ》が滲んでいる。

進之介ははっと胸を突かれた。

道理で、お吟と最初に遭った時から、不思議な親しみを覚えていた。

「申し訳ない。真実、おぬしを思い出せない」

「いいのです。それでいいのです」

お吟はそっと人差し指の腹で泪を拭った。

「お吟どのとそれがしは、どのような間柄だったのだ？　もしや」

進之介は、男と女の仲だったのか、という問いを飲み込んだ。

お吟は微笑み、頭を左右に振った。

「そのような間柄ではありませぬ」

そういいながら、お吟は顔を背けた。嘘をついていると進之介は思った。

それ以外に、自分たち二人の間に何があったというのだろうか？

進之介は拳で頭を叩いた。

どうして、そんな大事なことが思い出せないのだ？

進之介は記憶が戻らないもどかしさに腹を立てた。

「進之介さま、どうぞ、あまりご自分をお責めにならないでください。私のことなどは瑣末《さまつ》なこと。もっと思い出していただきたい大事なお話があるのです」

「…………」

進之介はお吟の真剣なまなざしを受けて、気を取り直した。

「忘れ草をご覧になられても、進之介さまは何も思い出されませぬか？」

「…………」

進之介は頭を左右に振った。本当に何も思い出せない。「忘れ草」の名のままにすべてを忘却の彼方へ忘れてしまっている。

「これから、私がお話しますこと、決して他言なさらぬようお願いします。みなの命がかかっております」

「みなの命が？」

「はい」

進之介は「忘れ草」には、どうやら大勢の人が関わっている様子なのを知って、心を引き締めた。

「分かり申した。秘密はしっかりと胸の奥に仕舞っておこう」

「近《ち》こうに、耳をお寄せくださいませ」

「うむ」

進之介はお吟の顔に耳を寄せた。

「忘れ草は、薩摩藩主島津《しまづ》斉彬《なりあきら》様を密かにお守りする隠れお庭番です」

お吟は小声で囁いた。吐く息が顔にかかる。甘い花の匂いがした。

「……隠れお庭番？」

進之介はお吟から放たれる成熟した女の香りに夢心地で目を閉じた。遠い昔に嗅いだ記憶がある。

「藩には代々、藩主をお守りする正式なお庭番があります。でも、そのお庭番の中には、裏で密かにお由羅《ゆら》様や久光《ひさみつ》様に通じている者もいるので信用ができません。それで別に隠れお庭番が必要になったのです」

「…………」

「進之介さま、その忘れ草の一人なのです」

「……では、それがしは薩摩藩士なのか？」

「はい。進之介さまは薩摩藩士でした。いまは脱藩の身となっております」

「脱藩の身だと？　なにゆえ、それがしは脱藩したのか？」

「おそらく、何かの密命を果たそうとしてのことか、と」

「密命とは何だ？」

「それは進之介さましかご存知ないこと。おそらく、お頭《かしら》さまが進之介さまに何かをお命じになったのに違いありません」

「お頭とは誰のことだ？」

「それもお忘れですか。進之介さまのお父さまである鏡辰之助《たつのすけ》さまです」

進之介は頭を木刀で殴られたような衝撃を受けた。その名は思い出した。確かにお父上だ。だが、……。

記憶は、そこから先がまだ濃い霧に覆われていた。何も思い出せない。

「お父上はどのようなお役目を勤めておられるのか？」

「薩摩藩の江戸上屋敷のお留守居役でした」

留守居役は江戸家老に次ぐ重役で、幕府や他藩との対外折衝にあたる役目である。

進之介は、お吟が「でした」という言い方をしたのに気づいた。

「いまは、お父上はお留守居役ではないというのか？」

「…………」

お吟の目に悲しみの色が動いたのを、進之介は見逃さなかった。

「お父上の身に、何かあったのか？」

「お頭さまは、奥様ともども、何者かに襲われ、お命を落とされたのです。下手人たちは進之介さまの弟妹たちのお命までも……」

「母上や弟、妹までもが殺されたというのか？」

「はい。……申し訳ありません。私たちがお守りすることもできず」

「いったい、何があったというのだ？　ぜひ、教えてくれ」

進之介は思わず勢い込んだあまり、お吟の胸倉に摑みかかりそうになった。

お吟は胸を押されて苦痛の声を洩らした。進之介は慌ててお吟の胸から手を離した。

「済まぬ。大丈夫か？」

「……はい」

お吟はじっと進之介を見つめた。目に何かの迷いがあった。その迷いを振り切るようにしてお吟は口を開いた。

「進之介さまは、お母さまの名もお忘れでしたのか」

「うむ。思い出せぬ」

進之介は頭を抱え、必死に記憶を辿《たど》ろうとした。

「お母さまの名は、お志乃《しの》さまです」

「お志乃。で、弟や妹の名は?」

「慶之助《けいのすけ》さまとお松《まつ》さま」

進之介は激しい頭痛に襲われた。目眩《めまい》もする。

鏡辰之助とお志乃。慶之助とお松。

両親弟妹の思い出が洪水のように、どっと押し寄せてくる。どれもが切れ切れの断片だったが、はっきりと目蓋に浮かんだ。

自分にまとわりついてはしゃぐ、幼い弟の慶之助や妹のお松の笑顔も。

「思い出されたのですね」

「ああ」

進之介は泪が溢れて仕方がなかった。

子ども時代、母上の胸に抱かれ、泣きながら寝入ったことやら、父上に両脇を抱えられ、高い高いをしたこと、父上の広い背中におぶさって歩いたことなど幼い時の記憶の断片が蘇った。

「お父上たちが襲われたのは、いつのことなのだ？」

「去年の春、進之介さまが脱藩されてまもなくのことです。そして、進之介さまも……」

進之介はお吟の話を遮《さえぎ》って訊いた。

「ちょっと待ってくれ。お父上たちは、いったい、何者に襲われたというのだ？」

「黒の手組です。ほかに考えられませぬ」

お吟はきっぱりといった。

「黒の手組とは、いったいなんなのだ？」

「お由羅一派の隠密組織です」

「お由羅一派？」

「そのことも、お忘れなのですね」

お吟は溜め息混じりにいった。進之介は、混乱した頭を抱えた。

「順序立てて話を聞かせてほしい。それがしには、何がなんなのかさっぱり分からない」

「分かりました。私が知っているかぎりのお話をいたしましょう」

お吟は低い声で話をはじめた。

それは進之介にとって驚天動地の物語であった。

5

薩摩藩は藩主島津斉興《なりおき》のお世継ぎをめぐって、斉興の世子である斉彬に継がせようとする斉彬擁立派と、斉興の愛妾・お由羅が産んだ島津久光に継がせようとする久光派とが鋭く対立し、暗闘を繰り返していた。

斉彬擁立派と久光擁立派の対立の根は深い。そもそもは、斉彬の曽祖父・島津重豪《しげひで》の治世にまで遡《さかのぼ》る。

島津重豪は、並外れた豪放磊落《らいらく》な大名で、幕府の鎖国政策下にあるにもかかわらず、江戸から遠い南国の地の利を活かし、積極的に中国やオランダの文物を取り入れ、蘭学者を庇護して薩摩の開明化を推し進めた。

重豪は、密かに大砲や銃、船などをオランダなどから輸入し、それらを国内で造れるようにしようと殖産興業政策を行なった。

さらに鹿児島を江戸と同じような商都にしようと、商業を振興し、色街まで造っている。

重豪のこうした開明化政策には莫大な資金が必要だった。重豪は盛んに藩債を発行して借金を重ね、その額はとうとう五百万両以上にも及んだ。

重豪が隠居したのち、斉宣《なりのぶ》が藩主に就いた。斉宣は秩父太郎季保《ちちぶたろうすえやす》を登用し、重豪にあてつけるかのように、質素倹約を励行させる極端な緊縮財政を行ない、疲弊した藩財政を立て直そうとした。

緊縮財政はいまだ藩政に隠然たる力を残していた重豪の逆鱗《げきりん》に触れ、斉宣は隠居を余儀なくされ、季保は切腹処分となった。

斉宣のあとを継いで藩主になったのが、斉彬の父・斉興《なりおき》だった。

斉興は、重豪の元茶坊主だった調所広郷《ずしょひろさと》を登用し、彼の献策による黒砂糖の専売や琉球密貿易によって、重豪時代に生じた巨額の藩債を返すなどの財政再建を行なった。

斉興の長子の斉彬は幼少のころから、曽祖父の重豪に可愛がられ、いつも側におかれたので、大いにその感化を受けていた。

斉彬は、やはり洋学を好み、積極的に西洋の文物を取り入れ、薩摩の開明化を推進しようとしていた。

斉興は、重豪と正反対に極端な洋学嫌いで、徹底した尊王攘夷論者だった。そのため、開明的な重豪と考え方もそりが合わなかった。

斉興には正室の周子《かねこ》が産んだ長男の斉彬と、江戸の商家の娘だった愛妾お由羅の産んだ五男・久光がいた。

斉彬と久光は歳が八つ違いの異母兄弟だったが、斉興は曽祖父の影響を受けた長子の斉彬よりも、お由羅の子・久光を偏愛し、久光に襲封させたかった。

その背景には、久光を藩主にして周子から正室の座を奪いたい、お由羅の野望も働いていた。

斉興は、久光に襲封させようと、いろいろ口実を並べて、いつまでも藩主の座に留まり、斉彬を部屋住みにしたまま襲封させなかった。

だが、開明派である斉彬には、斉彬の広い国際的な知見や外交、殖産政策の手腕を期待する幕府老中たちの支持があった。そのため徳川家や幕閣は斉彬が襲封することを望んでいた。

重豪が時の将軍家斉《いえなり》の岳父であったように、もともと島津家と徳川家の縁は深い。それだけに島津家の世継ぎについて、徳川家の意向を無視して勝手に決めるわけにはいかなかった。

そうした事情があったが、お由羅や、斉興の意向を受けた取り巻きの、調所広郷をはじめとする重役たちは、久光に襲封させようと陰湿な陰謀をめぐらしはじめた。

もし、斉彬を亡き者にすることができたら、久光が斉興の後継ぎになることになる。

それを実現する手っ取り早い方法は斉彬の暗殺である。

だが、いくらなんでも、直接斉彬を暗殺してまで、久光に襲封させようとしたら、とうてい幕府も承認できるはずがない。

幕府の権威が落ちたとはいえ、藩主のお世継ぎ問題がこじれ、正統な嫡子が殺されるとあっては、幕府が黙ってはいない。たとえ南国の雄藩であっても、幕府の面目をかけて、藩のお取り潰し、ないしは、大幅な減封、領地の配置替えなどの重い処罰を下すだろう。

だから、暗殺のような粗忽《そこつ》な真似はできない。だが、暗殺ではなくても、もし斉彬が重い病気にかかって藩政を行なうことができないとか、藩主として相応《ふさわ》しくない行状の持ち主であるとかになれば、久光が後継者になる目は出てくる。

お吟は声をひそめた。

「そこで、お由羅一派が創《つく》ったのが隠密組織、黒の手組なのです」

「その首魁は誰だ？」

「久光様擁立派の黒幕、五代友厚《ごだいともあつ》どのあたりではないか、と」

五代の名は、どこかで聞いた覚えがあった。橘玄之典たちに襲われた時に、玄之典が覆面をした上士らしい武家を「五代様」と呼んでいたのを思い出した。

「黒の手組の役目は？」

「斉彬様擁立派を切り崩すこと。斉彬様擁立派を一人ずつ追い落とす。ある人には、賄賂を贈り、女でたらし込んだりして、寝返らせる。それでも態度を変えねば、今度は脅しをかける。そうやって、斉彬様の擁立派を辞めるように仕向けるのです」

「汚い手を使うのだな」

「どうしても、相手がいうことを聞かなければ、闇討ちにかけて暗殺する。あるいは、斉興様に働きかけ、その相手にあらぬ嫌疑をかけ、減封処分にさせたり、隠居を命じさせる。藩主の命令に背いたとして切腹を命じたり、上意討ちにするのです。黒の手組は、そうした口実を見つけるために探索したり、人を陥れるための裏工作を行なったのです」

進之介は唸った。

「それで、斉彬様擁立派は対抗策として隠れお庭番『忘れ草』を創ったというのか？」

「はい」

「なぜ、忘れ草という名なのだ？」

「それは曽祖父重豪様がお開きになった薬草園で、薬草として忘れ草が栽培されていたことに由来しています」

「…………」

「重豪様は、蘭方医の戸塚静海《とつかせいかい》を藩医員に迎え、オランダから取り寄せた原書を翻訳させ、『阿蘭陀本草和解《おらんだほんぞうわかい》』『薬海鏡原《やくかいきょうげん》』として世に広めようとしました。実際に薬草園にさまざまな薬草を栽培させたのです。大陸渡来の忘れ草はその根を煎じて飲めば、肝の臓の働きを良くして、黄疸などの治癒効果があり、さらに花の香りを嗅がせれば、世の中の憂さを忘れるような鎮静効果もあります。それで重豪様は忘れ草を珍重なさったのです。重豪様に感化された斉彬様も、ほかならぬ忘れ草を愛用しているのです」

「なるほど」

「忘れ草は花の種だけでなく球根でも栽培できます。球根を江戸や都の地に植えておけば、いつか根づいて花を咲かせる。草《くさ》として代々隠密の役を継がせる目的もあったのです」

「忘れ草の者たちは、みなどこにいる？」

「藩邸に詰める藩士や御女中の中にもおりますが、そのほかの草たちは、江戸の町に散って根づき、私のように、その地の者となりきっています。薩摩弁も話さない。江戸弁や地元の言葉を話し、地元に溶け込むのです。いざ、お頭から呼び出しがかかったら、まっさきに馳せ参じるのです」

「どうやって、お互い、仲間だと分かるのだ？」

「忘れ草を見せるのです」

なるほど、と進之介は思った。

それで、おれもお吟も懐ろに忘れ草を入れていたというのか。

「草には、どのような者がいるのだ？」

「江戸屋敷詰めの藩士や奥女中から藩出入りの商人や職人まで、脱藩した浪人もおります。お頭は彼らを束ね、さまざまな命令を出す。彼らはお頭の耳や目や鼻となり、藩に役立つ情報を集めるなど、藩のために奔走するのです」

父上はそんな藩の大事を預かっていたのか、と進之介は思った。

「お由羅一派は、忘れ草の存在を知らないのかい」

「知っていると思います。そうでなければ、お頭の辰之助様たちを闇討ちにかけることはなかったでしょう」

　進之介は苛立った。斉彬擁立派が歯がゆくて仕方がなかった。

「斉彬様は、なぜ、そんなお由羅一派を放置なさっていたのだ？」

「斉彬様ご自身は、あまり藩主になる野心はなく、そうした権力抗争を嫌っておられたのです。そのため、斉彬様擁立派は表立って、お由羅一派への攻撃を禁じられ、いつも受け身に立たされていたのです」

「斉彬様は、なぜ、藩主になろうという野心を抱かれなかった？」

「異国の船が、次々に日本近海に現れ、開国を迫っている。そんな国家の危機が迫っている時期に、小さな薩摩藩の内部で藩主の座をめぐって争っているような場合ではない、というのがご持論でした」

「…………」進之介は口をつぐんだ。

「いまは幕府と朝廷が協力しあって日本国をひとつにまとめ、洋式軍隊を創って防備力を高めて外圧に対処しないと、お隣の清国のように阿片をめぐっての戦争に負け、諸外国から無理矢理開国させられて領土も奪われかねない、と心配なされていたのです」

「……」

「でも、国許でとうとう対立の火が点きました。斉彬様擁立派が、久光様擁立派の頭領である調所広郷の醜聞を見つけて追及して失脚させたのです。ところが、その調所どのが引責自害してしまった。それを知ったお由羅様と斉興様は激怒され、斉彬様擁立派の大粛清に乗り出したのです」

お吟は悲しげに頭を振った。

嘉永二年（1849年）十二月から翌年四月にかけ、藩主斉興は国許で斉彬擁立派の中心だった船奉行高崎五郎左衛門《たかさきごろうざえもん》や町奉行近藤隆左衛門《こんどうりゅうざえもん》、同じく町奉行山田清安《やまだきよやす》ら六人を切腹処分に処しただけでなく、そのほか五十数人を切腹、遠島、転役、謹慎などの厳しい処分にした。いわゆるお由羅騒動である。

このままでは、斉彬の身が危ない、と斉彬擁立派は、宇和島藩主の伊達宗城《だてむねなり》をはじめ縁戚の大名たちに働きかけ、幕府の開明派でもある老中阿部正弘《あべまさひろ》に訴えた。

斉彬の幕閣への登用を考えていた老中阿部正弘は事態を重く見て、両派の内部争いに割って入った。

老中阿部正弘は島津斉興を呼んで隠居するよう説得し、さらに斉彬に藩主を継がせるように命じた。幕府の命《めい》に反したら、たとえ南国の雄藩七十七万石の薩摩藩といえども、お取り潰しにもなりかねない。こうして騒動は一応斉彬擁立派の勝利で決着した。

　嘉永四年（1851年）二月二日のことであった。

　お吟は話し疲れたせいなのか、ぐったりと横たわったまま続けた。

「斉彬様擁立派が勝利したことになるわけですが、斉彬様は藩主になられても、久光様擁立派を報復処罰することはしなかった。むしろ、両派を和解させ、藩論を統一しようとしたのです。久光様擁立派は、いったんなりをひそめたものの、あいかわらず、お由羅様と、その取り巻きたちは、久光様を藩主にしようという陰謀をめぐらしていたのです」

「お由羅一派は、あきらめていなかったのか？」

「あきらめていません」

「お由羅一派は何をしようとしていたのだ？」

「斉彬様のお命を縮めること、さらにお世継ぎになられる御子たちの根絶やしです」

　お吟は背筋がひやりとするようなことを躊躇《ためら》いもなくいった。

「穏やかではないな。斉彬様が知ったら、ただでは済まないだろう」

「人には分からぬよう、お命をお縮めしようというのです」

「そんなことができるのか？」

「はい。できます。ジュサツです」

進之介は聞き慣れぬ言葉に首を傾《かし》げた。

「呪い殺す。呪殺です」

「信じられぬな」

「蘭学を信じる斉彬様は、その話を聞いて、お笑いになったそうです。信じられぬと」

「そうだろうな」

「でも、島津家には、古来、医術と祈禱《きとう》を基にした呪詛《じゅそ》、調伏術《ちょうぶくじゅつ》の秘法が伝わっています。口伝玄秘《くでんげんぴ》の術で、島津家の兵道家《ひょうどうか》に代々口伝されている秘法です。その秘法を修道した兵道家が、お由羅様の依頼を受けて、密かに呪殺の祈禱を行なっているのです」

「呪殺の秘法だと？」

進之介は思わぬことに困惑した。

「斉彬様と、血が繋がった御子たちを呪い殺そうというのです」

「…………」

「呪殺なら毒殺や暗殺と違い、誰がやったという証拠や痕跡が残らない。ただ呪いをかけられた者が病気にかかり、軀がだんだん衰弱して、最後に死に到るわけですからね」

「そんな呪殺が本当にできるのかな？」

「これまでに斉彬様の御子の十人中九人までが、六歳を迎えぬうちに、病死なされています」

「九人も？　それは確かに異状だな」

「菊三郎《きくさぶろう》様は生まれて一カ月目に亡くなり、寛之助《ひろのすけ》様をはじめ、次々五人の男子が病死した。女子も澄姫《すみひめ》様は三歳で病死、邦姫《くにひめ》様も四歳で病死。いずれの御子たちも原因不明の高熱に冒され、何かに激しくうなされながら息を引き取ったということです」

「藩お抱えの蘭方医や漢方医もいただろう」

「みなお手上げだったそうです。幕府の御典医にも診てもらったが、わけが分からないといわれたそうです」

「残りの一人は？」

「今春、側室のお貴《たか》様が男の子をお産みになられました。お殿様は、これまでのこともあるので、とりわけ大事になされ、お名前も哲丸《てつまる》とおつけになられた。正式な世子としては、その哲丸様お一人ということになります」

「ご無事なのか？」

「いまのところ、健やかにお育ちです。それで、お頭様は忘れ草に全力をあげて、哲丸様をお守りするよう命じられたのです」

「…………」

「斉彬様と哲丸様の身辺を警護し、祈禱に必要な物を集めようとする者を抹殺せよ、という指令です」

「祈禱に必要な物とはなんだ？」

「相手に呪いをかけるには、その相手の髪の毛や臍の緒、身に着けていた肌着とか着物など身代わりになる物をお供えする必要があるのです。それらを集めねばなりません」

「…………」

「さらに呪殺の祈禱を行なうには、その秘法を修道した兵道家と、祈禱するのに適した場所が必要です。お頭様は国許と江戸の配下に命じて調べさせたのです」

「それで分かったのか？」

「はい」

「その兵道家というのは誰なのだ？」

「斎木興輝《さいきおきてる》という人物です」

「何者だ？」

「島津家の兵道家・加治木玄白斎《かじきげんぱくさい》から破門された元高弟の祈禱師です」

進之介は頭を抱えた。

記憶にかかっていた霧がふっと風に吹き払われ、記憶の一部が蘇ったように感じた。

斎木興輝？

どこかで聞いた名前だった。だが、なぜ、その名前を覚えているのか、依然として分からなかった。

「その斎木興輝が弟子たちとともに、去年の春、薩摩を密かに旅立ったのです。行き先は、おそらく、江戸。陸路、街道を江戸へ上るには急ぎ足でおおよそ半月、普通の旅の足ならば、およそ一カ月はかかりましょう」

「…………」

「国許の同志たちが、密かに国を出た斎木興輝の一行を追い、旅の途中、誅殺しようとしたのですが、黒の手組に返り討ちされ、取り逃がしてしまったのです」

進之介は手でお吟の話を遮った。

「お吟どの、その斎木興輝とみどもは、何かの縁がなかったろうか？」

「どうしてですか？」

「思い出せないが、知っている人物のような気がするのだ」

「私には分かりません。ですが、もしかして、進之介さまが国許へお帰りになった折に、斎木興輝の名を聞いているのでは？」

「みどもが国許へ戻ったのは、いつごろであろうか？」

「進之介さまは、二度、国許へお帰りになられております。一度は、十歳の時に。いま一度は十三歳の折にお帰りになり、国許で元服なされてから江戸へお戻りになった」

　お吟は濡れた目で進之介を見上げた。

「お吟どの、どうして、そんなにみどものことを存じておるのだ？」

「……いずれ、思い出されることです。それまでは知らないでいたほうがいいかと」

「そんなことはない。みどもは……」

　お吟はそっと片手を伸ばし、進之介の口許に指を当てた。進之介はいいかけた言葉を飲み込んだ。

「いまは、もっとお頭様についての大事なお話を聞いてくださいませ」

「うむ」進之介は不承不承《ふしょうぶしょう》うなずいた。

「お頭様は草の面々に、江戸へ入ったはずの斎木興輝の居所を全力を挙げて捜すように、お命じになりました。私たちは斎木が必ずお由羅様にお目通りするだろう、と草を身辺に張り込ませました。江戸屋敷にいる黒の手組の頭領と思われる者にも草を張りつかせ、斎木興輝と連絡を取るのをじっと待っていたのです」

「斎木の居所は分かったのか？」

「はい。分かったはずなのです。お由羅様に張りついていた御女中が、お頭様に連絡をしたところまでは分かっています。その御女中が黒の手組に拉致され、行方知れずになってしまったのです。その直後に、今度はお頭様と、ご家族が襲われたのです」

「父上は斎木の居所を知ったために殺されたというのか？」

「おそらく。斎木興輝は江戸のどこかに潜伏し、呪殺の調伏をするのに適した場所を見つけたに相違ありませぬ。お頭様は、その場所も調べようとしていましたから、黒の手組は先手を打って、お頭様を抹殺したのに違いありませぬ。……」

　お吟は、そこまでいうと、軽く咳込みながら、上半身を起こそうとした。

「どうなされた？」

「……申し訳ございません。白湯《さゆ》を少々」

「済まぬ。気づかなかった。さぞ、喉が渇いただろうな」

進之介は枕元にあった薬缶《やかん》を取り上げた。白湯が入っているのを確かめ、お吟の口に薬缶のつぎ口をあてた。

お吟はつぎ口から白湯を少しずつ飲んだ。

「……ありがとうございます。もう大丈夫です」

お吟は口許の水滴を手拭いで拭った。

「お頭様たちが殺されたわけは、もうひとつあるかもしれませぬ」

「…………」

「斉彬様には、幼い哲丸様のほかに、もう一人、隠し子がおられるのです」

「正式な世子として、ほかにも隠し子がいるというのか?」

お吟は小さくうなずいた。

「はい。さる商家の娘に産ませた隠し子が一人、どこかにおられるとのことです」

「その名は?」

「分かりません。歳はおろか、男子なのか女子なのかも分からない。分かっているのは、お殿様ご自身と、当の御子を産んだ娘、それから、その娘と同じころに奥に上がっていた御女中ぐらいのものでしょう。そして、直接お殿様から事情を打ち明けられたお頭様」

「父上は知らされていたと申すのか？」

「はい。それから隠し子のことを、どこから聞きつけたのか、お由羅様がお知りになって、逆上し、きっと黒の手組に探索を命じたのだと思います」

「…………」

「お頭様は、その隠し子を探している黒の手組にご夫婦ともども襲われ、拷問されたが、決して口を割らなかった。そのため殺されたのではないか、と」

お吟は目を伏せた。

進之介は、あらためて黒の手組への憎しみと怒りの炎が胸に燃え上がるのを感じた。

庭先で、ひぐらしの鳴く声が聞こえた。

6

進之介は怒りを抑えながら訊いた。

「お父上たちは、いったい、どこで、どう襲われたというのだ？」

「ある日、お志乃さまがお子さま二人をお連れして、法事のため、お忍びで生家にお戻りになったのです」

「お母さまの生家のこともお忘れなのですね」

「生家？」

「…………」

お吟は溜め息をつき、話を続けた。

進之介の母のお志乃は呉服問屋福富屋甚左衛門《ふくとみやじんざえもん》の長女だった。

福富屋甚左衛門は、江戸で一、二を競う大店《おおだな》の呉服問屋で、薩摩藩江戸屋敷にも出入りしていた。奥方やお付の女房たちのひいきの店である。

甚左衛門はお志乃を江戸上屋敷へ行儀見習いのご奉公に上げさせた。奉公に上がってまもなく、斉彬付の小姓組にいた鏡辰之助に見初《みそ》められた。

鏡辰之助は鏡家の長男だった。お志乃が商家の娘であるかぎり、上士の身分の鏡辰之助とは家柄も格も違うので、嫁に迎えることはできない。

そこで、お志乃は、いったん、薩摩藩の上士である高崎五郎左衛門《たかさきごろうざえもん》の養女となって、あらためて鏡家へ輿入れした。

「高崎五郎左衛門とは？」

「はい。斉彬様擁立派の重鎮でした。鏡家と懇意にしていたそうです」

「で、法事というのは、どなたのだった？」

「お志乃さまのご生母様が亡くなられたのです」

ということは、進之介にとって、祖母ということになる。

「そうか、祖母様は亡くなられたのか」

進之介は祖母の記憶をまさぐったが、どうしても思い出せなかった。名前も忘れている。

「お志乃さまはお母さまが亡くなっても、高崎家の養女として鏡家へ嫁いだという立場上、すぐには実家に戻って、お母さまの葬儀に出るわけにいかなかったのです。

お志乃さまはせめて初七日の法事に出ようとお考えになられたのです。そこで、お志乃さまと辰之助さまは、二人の子を連れ、わずかな供しか連れずに、お忍びで菩提寺にお参りした。その帰り道に、十数人の黒の手組の者たちに襲われたのです」

かろうじて知らせに逃げ帰った中間《ちゅうげん》の報で、藩邸の者たちが駆けつけた時には、駕籠かきともども、駕籠はいずこへかと消え、鏡辰之助とお志乃、二人の子どもたち全員が拉致されてしまっていた。

急いで招集された「忘れ草」は手分けして、必死に探索した結果、翌日になって、ようやく四人が薩摩藩下屋敷の埠頭に停泊している藩御用達の回船問屋の「桜丸」に拉致監禁されていることを聞き込んだ。

お吟ら忘れ草たちは、出航しようとしていた「桜丸」に踏み込んだが、すでに四人は殺されていた。

船倉で見つかった四人の遺体は簀《す》巻きにされていた。船長《ふなおさ》は船が沖に出たら、遺体を海に投げ込むようにいわれていた。

「…………」

進之介は腕組みをし、目を瞑った。

お吟は遠慮がちに訊いた。

「……続けますか？」

「うむ。続けてくだされ」

「お頭の辰之助さまは、示現流の免許皆伝の腕前です。その辰之助さまが斬られたのですから、相手はかなりの剣の遣《つか》い手だったのでしょう。しかも辰之助さまの遺体には、あきらかに生きている間、拷問で責め立てられた傷痕がありました」

進之介は、母上や弟慶之助や妹お松の面影を偲《しの》んだ。

「母上の遺体は？」

「お志乃さまも責められたご様子でしたが、舌を嚙み切って自害されておられました」

　進之介は黒の手組への憎悪と怒りをやっとのことで抑えていた。

「……弟妹たちは？」

「お子さまたちはいずれも首を絞められて亡くなったようでした。せめてもの救いは、お子さまたちの軀には、ほかに傷らしい傷がなかったことでしょう」

「…………」

　進之介は目を閉じ、何度も深呼吸をして気を整えた。お吟は静かに続けた。

「おそらく、お頭様はどんなに痛めつけられても、大事なことは話さなかったのだろう、と思われます。日頃から、お頭様は私たちにも、そう固く命じておられましたから」

「…………」

　進之介はしばらくの間、口を噤《つぐ》んだ。口を開けば、怒りが爆発しそうだった。

「進之介さま、大丈夫ですか」

「うむ。大丈夫」

　進之介はかろうじて憤怒《ふんぬ》を抑え、つとめて平静にいった。だが、自分でも声が震えているのが分かる。

「その船は誰の持ち船だと？」

「藩の御用商人高松屋光五郎《たかまつやみつごろう》の用船でした」

「高松屋光五郎とは？」

「堺の商人で、薩摩藩主斉興様の信頼が篤《あつ》く、藩肝煎りで琉球密貿易をしていた商人です。藩財政を支える貿易ですので、斉彬様も、久光様も、どちらもつきあいがある商人です」

「お由羅派ではないのか？」

「高松屋は、必ずしもお由羅派ということではありません。機を見るに敏な商人ですから、誰とでも商売するのでしょう。そうしないと、商人は世の中を渡っていけませんからね」

「しかし、父上たち四人の遺体を海に放り込もうとしたではないか」

「私たちも船長や舟子たちを問い質《ただ》しました。彼らの話では、出航の準備をしていたところ、夜になって、慌ただしく十数人の黒覆面の藩士たちが船に押しかけ、四人の遺体を運び込んだとのことでした。船長が断ると、藩士たちを率いる長が、上意で処刑した藩の者たちの遺体だ、藩の内々の事情があって、奉行所に届け出ることができない、船が沖に出たら、丁重に彼らを水葬にしてやってくれ、と依頼したそうです。

藩の御用船ということもあって、船長はそれ以上は断り切れず、藩士たちの依頼を承知したとのことです」

「その藩士たちの長とは何者なのか、船長たちは顔を見知っていたのか？」

「おそらく知っていたでしょう。でも、船長は、それだけは、たとえ殺されても教えられないといっていました。そのことから考えても、下手人たちの長は、藩のかなり上の幹部なのだろうと思います。だから、船長も依頼を断り切れなかったのでしょう」

「…………」

進之介は黒の手組への怒りだけでなく、自分自身への怒りも込み上げてくるのを抑えようがなかった。

もし、自分も一緒にいたなら、父上や母上、弟、妹をむざむざと殺させはしなかっただろう。

たとえ、殺されるにしても、敵に一太刀、二太刀を浴びせ返していたに違いない。

それができなかったことが口惜しくてたまらなかった。

「父上たちが襲われた時、みどもは、いったい、どこで何をしていたのだろうか？」

「私たちもお頭様たちの急を聞かされた時、進之介さまにお知らせせねばと、お探ししたのですが、見つかりませんでした。ご連絡が取れたのは、数日経ってのことでした」

「…………」

「進之介さまは水戸藩の藩邸に身を寄せておられるのが分かりました。そこで、すぐに使いを出して、事の次第をお知らせしたのです」

「水戸藩の藩邸に？」

「水戸藩士の攘夷派の方々と、何事かを相談なさっていたと思われます」

「みどもは攘夷派だったのか？」

「はい。進之介さまはかなり過激な攘夷親征論者でした」

進之介は頭を振った。どんなことをいっていたというのか、まったく思い出せなかった。

「父上たちが襲われたという知らせを受け、みどもは、いかがいたした？」

「進之介さまは烈火のごとくお怒りになり、使いの者が止める間もなく、お一人で、お由羅一派の隠れ屋敷へ出かけて行ったのです。しかし、はじめから多勢に無勢でした。川辺に逃れた進之介さまは奮戦なさったが、敵に短筒で撃たれ、さらに腕の立つ剣客と立ち合い、斬られてしまった」

「…………」

「おそらく短筒を持った男は成仏寺で進之介さまが斬った小者と思われます。そして、進之介さまを斬った剣客は、あの橘玄之典だったと」

進之介は、まざまざと橘玄之典の剣さばきを思い出した。

「あの男を敵に回して、よくぞ、みどもは助かったもの」

「急を聞いてかけつけた忘れ草の者たちが、必死にご加勢し、なんとか進之介さまを担ぎ出して川舟に乗せました。夜陰に紛れて舟を川に押し出したところで、味方の者たちも力尽きました。そのため、その後の進之介さまの消息が分からなくなったのです」

「そうであったか。みどものために、おぬしたちに無用な犠牲者まで出してしまい、まったく申し訳ない」

「何をおっしゃいます。お頭様やご家族を、お守りするのも私たち忘れ草の重要な役目でした。それができなかったことは、私たちにとって取り返しのつかぬ大失態です。私たちこそ謝らねばならないことです。せめて、お頭様のご子息である進之介さまをお救いするのが私たちの役目でもありましょう」

お吟はしっかりと目を見開き、進之介を見つめた。

「亡くなった辰之助さまのあとを継いだ番頭《ばんがしら》様から、なんとしても進之介さまを見つけて、お守りするよう厳命されているのです」

「新しい番頭はどなたなのだ？」

「それは私からは申し上げられませぬ。いずれ、進之介さまに、新しいお頭様から呼び出しがかかるかと思います」

　進之介はうなずいた。

　いま隠れお庭番の番頭の名前を聞いても、きっと何者なのか、思い出せないだろう。

「それにしても、よくみどものその後の消息が分かったものだな」

「私たちは草の面目にかけて、進之介さまの行方をお探ししました。潮の流れから考えて、小舟はどこへ流れ着くのか、しらみ潰しに探索していたのです」

「………」

「三カ月ほど経ったころ、仲間が宿場の者から、重傷を負った武家が神奈川宿の浜に流れ着き、回船問屋に引き取られて養生しているらしい、と聞き込んだのです。そこで、私たちは神奈川宿に来て、手分けして聞き込みを開始しました。

　そこで確かに宮田屋惣兵衛の家の離れで、記憶を失った若いお武家さんが一人養生していることが分かった。身辺を調べてみると、確かに進之介さまだった進之介さまはお元気になられたが、忘れ草を見ても、なんの反応も示さない。私も客引きを装い、進之介さまに話しかけたのですが、私にまったく気づかないご様子でした。それで、ああ、やはり記憶を失なっておられるのだと分かったのです」

進之介は旅籠《はたご》の前で、客引きとなったお吟が親しげに話しかけて来たのを思い出した。

「黒の手組も進之介さまの居所をつきとめたらしく、神奈川宿に現れたのです」

「なぜ、黒の手組は執拗に、みどもを狙っているのだろうか？」

「お頭様亡きあと、ご子息の進之介さまが、隠れお庭番の頭を引き継いだと思ったからではないか、と。あるいは、もしかすると……」

お吟は何かをいいかけ、言葉をとめた。

庭先から鳥の鋭い鳴き声が聞こえた。お吟は、はっとして目を庭のほうに向けた。

「…………」

お吟が誰かの名を呟くのを、進之介は聞き逃さなかった。

「どうなされた？」

「あれは仲間の合図」

お吟は蒲団から身を起こそうとしたが、できなかった。進之介は手を出したが、躯を支える間もなく、お吟は蒲団に倒れ込んだ。

お吟はまだ十分に快復していないのだ。

「無理はせぬほうがいい」

「でも、もしや仲間からの急ぎの知らせかもしれませぬ」

お吟は庭先を気にした。敷き蒲団に片肘をつき、伸び上がって庭先を見ようとした。

「では、拙者が見て参ろう」

進之介は刀を手に立った。障子戸を開け、濡れ縁に出ると、庭先の生け垣の陰で人影がちらりと動いた。

陽はすっかり昼間の勢いをなくして、西の空に傾いていた。その西陽を浴びて、男の影が黒々としている。

いきなり男の右手が敏捷に動いた。風を切って、黒い物が進之介をめがけて飛んだ。

進之介は咄嗟《とっさ》に腰を低め、刀の柄で飛翔して来た物を弾いて避けた。

弾かれた物は濡れ縁に突き刺さった。

「おのれ！　何者」

進之介は濡れ縁から庭へ飛び降りた。

刀の鯉口を切った。

生け垣に隠れ潜んでいた影は、さっと身を翻して消えた。

「待て！　曲者」

進之介は裸足《はだし》のまま、庭の池を飛び越え、生け垣の柴折戸《しおりど》に駆け寄った。

再び、唸りを上げて、手裏剣が柴折戸の柱に突き刺さった。

進之介は一瞬、身を躱して柱の陰に逃れた。

一呼吸して、戸を開け、裏路地に飛び出した。

斜めに射す陽が裏路地沿いの家々の影を作っていた。左右の路地を眺めたが、すでに男の姿はなかった。

裏路地の材木置場で、子どもたちが鬼ごっこをして遊んでいる。

逃げ足の早い男だ。

進之介は人影が潜んでいた生け垣付近を調べた。膝をついていた場所の草が押し潰されていた。

そこから施療所の庭を窺うと、お吟の寝ている離れの障子戸が見える。

開け放しになったままの障子戸の間は、薄暗く、部屋の中の様子は見えなかった。

進之介は柴折戸の柱に突き刺さった十字型の手裏剣を抜いた。

何者が投げたのか。

進之介は十字手裏剣を手で弄《もてあそ》びながら、柴折戸を開けて庭に戻った。

7

進之介はお吟の枕元に坐り、お吟の青白い顔を見下ろしながら、聞いた話を反芻《はんすう》していた。

お吟は話し疲れた様子で、目を閉じ、少しまどろんでいる。

「入るぞ」

康庵の声がかかり、襖が滑るように開いた。康庵は大股で入ってくると、お吟を覗き込んだ。

康庵の後ろから、おさきが遠慮がちに顔を出し、部屋に入って襖を閉めた。

「具合はどうかな？」

康庵はお吟の手首に指をあて脈を取った。ついで、お吟の額に手をあて、熱を計った。

「うむ。少し話しすぎたようだな。少々熱が出ている」

「申し訳ない。気づかずに無理をさせてしまった」

進之介はお吟に謝った。

「今日は、このくらいにしておいて、話の続きはまた明日にすればいい。時間はいくらでもあろう」

康庵は振り向き、おさきに濡れ手拭いを持って来るように指示した。おさきはすぐに立って部屋を出て行った。

進之介は庭先に人の気配を感じた。

刀を引き寄せ、膝立ちになり鯉口を切った。いつでも抜刀できる。

「進之介、どうした？」

康庵が訝《いぶか》った。

「何者！」

進之介は障子戸に膝を進め、がらりと開けた。

庭先に一人の町人姿の男が蹲《うずくま》っていた。

「進さん、ちょっと待ってくんな。怪しい者じゃありません」

町人髷の男は馴れ馴れしい口をききながら橙色の忘れ草を掲げた。

「何やつ」

進之介は刀の柄に手をかけたまま、濡れ縁に立った。

「あっしのことも、お忘れですかい。こいつは情けねえ。あっしですよ。政吉《まさきち》、政吉でさあ」

「政吉?」

進之介は油断せずに、政吉と名乗った男の端正な顔を凝視した。

「進之介さま、政吉は味方です。どうぞ、ご安心を。中に入れてください」

寝ていたお吟が目を覚ました。

「おっと、姉《あね》さん、お元気そうで。よかったよかった」

進之介は緊張を解いた。政吉は中腰のまま、忘れ草を懐に仕舞い込み、濡れ縁に近寄った。

「済まねえ。姉さん、ここを窺っていた野郎を取り逃がしてしまいやした」

政吉は進之介の脇から部屋を覗いた。

「さっき、みどもに手裏剣を投げたのはおぬしではないのか」

「まさか。それはあっしではありません。生け垣の陰に潜んでいるやつを見つけたので、あっしは取っ捕まえて、締め上げてやろうと思ったんですがねえ。まったく逃げ足の早い野郎で、表通りまで行ったところで、通行人に紛れ込んでドロンを決められちまった。進さん、ちょっと、上がっていいですかい? 姉さんの顔を見せてもらいたいんですが」

「うむ。先生、いいですか？」

進之介は、進さんと呼ばれて、少し戸惑いながら、康庵に訊いた。

「ああ、いいよ。おさき、その政吉さんに足洗《すすぎ》の桶と雑巾を出しておあげ」

康庵は濡れ手拭いを持って来たおさきにいった。おさきは「はい」と返事をして、また洗い場へ戻って行った。

「ありがとさんです。ところで、進さん、その投げものを見せてくんなすって」

「これだ。この手裏剣だ」

進之介は手にした二枚の十字手裏剣を政吉に見せた。

政吉は二枚の手裏剣を受け取り、ためつすがめつ眺めていた。

「見覚えはあるか？」

「これは、黒の手組ではないね」

「というと？」

「黒の手組なら、人を殺せる棒手裏剣を使う。この十字手裏剣は忍びの者が逃げるために使うものだ。人を殺傷するためのものじゃあねえ」

「なるほど」

政吉は首を捻った。

「これは、ひょっとすると公儀隠密のものだぜ」

「公儀隠密？」

「すまねえ。お嬢さん」

政吉は草履を脱ぎ、おさきの用意した洗い桶で足を洗い、雑巾で丁寧に拭った。

「なぜ、幕府の公儀隠密が？」

「あっしにも分からねえ。だけど、こんなものを投げつけて逃げたってことは、警告かもしんねえな」

政吉は着物の裾を手で叩き、埃《ほこり》を落としてから部屋に上がった。

「なんの警告だというのだ？」

「自分たちもおまえらを監視しているぞってね」

政吉はお吟の枕元に膝を揃えて坐った。

「姉さん。大丈夫ですかい？」

「まあ、なんとかね。何か知らせがあるのかい？」

「へえ」

政吉はお吟の耳元に顔を寄せ、何事かを囁いた。

お吟は小さく何度もうなずいた。

「私がこんな具合だから」

「あっしたちがなんとかします。安心なすって、ゆっくりお休みください」

「……」

今度は政吉がお吟の口許に耳を寄せた。

「へえ。分かりやした」

政吉はお吟に頭を下げ、あとずさった。

「お邪魔しました。これであっしは失礼します。先生、進さん、くれぐれも姉さんのこと、よろしくお願いします」

政吉は康庵と進之介に頭を下げた。それから、懐から紙包みを取り出し、康庵に差し出した。

「これは当座の診療代として受け取ってください」

「いいのか、こんなに」

康庵は顔をほころばせた。紙包みは、何両かの金子が包まれている様子だった。

「へえ。お頭から預かった金子でして。お頭もくれぐれもよろしうとのことでした」

「お吟さんのことは、大丈夫だと伝えてくれ」

「はい。では、進さんも、失礼します」

政吉はおさきにも頭を下げ、濡れ縁から庭先に出て、草履を履いた。

政吉は何度も腰を折って、礼をいい、足音も立てずに、庭から出て行った。

「では、進之介、今日のところは引き揚げてくれ。お吟さんを休ませねばな」

康庵は笑いながらいった。進之介もお吟の疲れた様子にうなずいた。

陽は、いつの間にか、だいぶ西に傾き、庭の木々の影を長くしていた。

8

鉛色の重苦しい雲が空を覆っていた。

松林から透けて見える海原も、空の雲の色を映して鼠色にくすんでいた。

灰色の海原には、白い三角波が立っていた。海風が波頭を吹き飛ばしている。

神奈川の海に停泊する船船は、いずれも帆を下ろし、波間に揺られている。

湊《みなと》の桟橋に横付けした回船から、沖仲仕たちが積み荷を担《かつ》いで倉庫へ運んでいる。

今日は珍しく異国船の黒い船体は見当たらない。

進之介は褌一丁の姿になって、海の波打ち際に入って行った。夏の盛りの海と違い、水の温度がひんやりと冷たく感じる。

打ち寄せる波に頭から潜《もぐ》り、稽古で汗だらけになった軀を洗った。火照《ほて》った軀には、海水の冷たさが快い。

頭上を見上げれば、曇り空にトンビたちが風に乗って飛翔しているのが見える。

進之介は波を乗り越え、沖に向かって抜き手で泳ぎ出した。時々、波を受けて塩辛い海水を飲むこともあるが、気分は爽快だった。

お吟から聞いた話を思い出した。

思いもよらぬ話ばかりで、まだ実感が湧いてこなかった。父上、母上、弟、妹が黒の手組に惨殺されたことだけが、心に重くのしかかっていた。

ここ数日、お吟を見舞う度に、さまざまな秘密の話を聞いた。

だが、肝心のお吟の身の上話になると、いつもはぐらかされ、聴き損じている。

今日こそは、お吟自身の話を聞き、自分との間柄を知りたいと進之介は思った。

「進之介さまあー」

潮騒《しおさい》に混じって、岸のほうからおさきの声が聞こえた。

立ち泳ぎで海岸のほうを向くと、渚《なぎさ》の波打ち際で、手を振っているおさきが見えた。着物の裾を大きくたくしあげ、白い肌の足が覗いていた。

「いま、行く」

進之介は手を振り、抜き手で岸に向かい出した。押し寄せる波に乗り、一気に波打ち際まで滑り込む。

進之介は浅瀬で立ち上がり、鉢巻していた手拭いで軀をごしごしと擦った。

湯屋へ行けば、いいのだが、こうして天然の露天風呂に入るのも酔狂だと、進之介は考えている。

「見るな。恥ずかしい」

進之介は後ろ向きになり、絞った手拭いで軀を拭きはじめた。

「誰が見るもんですか。早く上がって、着物を着て」

おさきはそういいながら、恥ずかしそうに袖で顔を隠し、時々、袖の陰から進之介のほうを覗いていた。

進之介は軀を拭き終わり、岩場に駆け寄った。岩の上に干してある着物に腕を通した。

濡れたままの褌は、少し気持ちが悪いが、我慢しているうちに体温で乾いてしまう。

進之介は帯を締めた。野袴を穿き、腰紐をきちんと結んだ。

「もういい？」

「ああ。もういいよ」

小刀を腰帯に差し込み、大刀を手に下げた。

「たいへん、急いで施療院に行きましょう」

おさきが上擦った声を上げた。

「どうした?」

「お吟さんがいなくなったのよ」

「なんだって?」

「それで、施療院では上を下への大騒ぎになっているの」

進之介は、しまった、と思った。

もしかして、お吟は黒の手組に攫《さら》われたのかもしれない。

「分かった。急ごう」

進之介は大刀と木刀を肩に担いで、砂浜を駆け出した。

「進之介さま、待ってえ」

おさきの声が背中に聞こえた。進之介は駆け足を緩め、振り向いて、おさきが追いつくのを待った。

おさきは下駄を脱いで両手に持ち、裾を割って走って来る。

「進之介さまあ、待ってってば。わざわざ呼びに来てあげたのよ」

おさきの声は裏返っている。

進之介はおさきの様子に目を細めた。駆けて来るおさきは、健康そうな美しさに輝いていた。


施療院の離れには、確かにお吟の姿はなかった。部屋はきちんと整頓され、蒲団は折り畳まれている。

康庵が腕組みをし、助手の万蔵と何事かを話し合っていた。

息急《せ》き切って駆けつけた進之介は、康庵に尋ねた。

「誰もお吟どのが攫われるのを見ていなかったというのですか?」

傍らでおさきも肩で息をしていた。

「どうも、襲われたり、かどわかされたりしたのではなさそうなんだ」

康庵は戸惑った顔をしていた。

「どういうことなんですかね?」

「分からん。ともかく、あの政吉とかいう町人が駕籠を連れて来て、私にも無断でお吟さんを退院させたのだ」

「まだお吟さんは静養が必要な容体だったはず。それを勝手に退院させてしまうなんて。大丈夫でしょうか？」

「うむ。無理をすれば、せっかく癒った傷も開いてしまう。また出血でもしたら、今度こそ命取りになるのだが」

「先生様」

施療院の玄関先を掃除していた下男の又吉《またきち》が箒を片手に庭先に入って来た。

「先ほど、近所の子どもが見知らぬおじさんから預かったという手紙を届けに来ました」

「おう。ありがとう」

康庵は濡れ縁に出て、又吉から封書を受け取った。

「ほう。お吟さんからだのう」

封書の表書きには、康庵先生の名が、裏には「吟」の文字があった。

康庵は封書を開けた。二通の書状が出てきた。

「進之介、おぬしへの手紙も同封されているぞ」

「あ、はい」

康庵は進之介に丁寧に折り畳んである書状を手渡した。

進之介は急いで書状を開いた。流麗達筆な書体で書かれた手紙だった。

進之介は文面をじっくりと黙読した。

そこには、進之介に事前に相談もせず退院してしまったことへのお詫びと、お吟自身の身に危険が迫っており、これ以上施療院に居て康庵たちに迷惑をかけるわけにいかない事情があったこと、いずれ忘れ草から必ず連絡を取るので、それまでは軽はずみなことはせず、自重してほしいことが綴られていた。

そして末尾に付け加えて、必ず元気になって進之介さまにお会いし、続きの話をしたい旨が綴られていた。

康庵が読み終わった書状を封書に戻しながら、進之介に声をかけた。

「こちらは、わしたちへの詫び状だった。そっちには何が書かれてあったのかのう?」

「はい。同様な内容の手紙です」

進之介は手紙を折り畳みながらいった。

傍らのおさきが上目遣いに、じっと進之介を睨んでいた。猜疑《さいぎ》のこもった目だった。

「そんなに見たければ見てもいいぞ」

進之介は手紙をおさきに渡そうとした。

「いいです。そんな手紙見たくもありません」

おさきはさっと身を翻し、足早に部屋から出て行った。

進之介は呆然としておさきを見送った。

おさきは、いったい何を怒っているのだ？

「進之介、げに女ごころほど分からんものはないのう」

康庵が高らかに笑い、進之介の背をどんと叩いた。

第二話　秘剣流れ星

1

「牛渚西江《ぎゅうしょせいこう》の夜《よる》　青天無片雲《せいてんへんうんなし》……」

神社の社務所に集まった子どもたちは姿勢を正し、大原一真が一節ずつ朗詠する漢詩を大声で唱和していた。

十五畳ほどの板の間を半ばずつ分け、一方では大原一真が書の読み方をやや年長の子どもたちに、他方では妻の由貴《ゆき》が襷《たすき》掛けで、自ら筆を執《と》り、幼い子どもたちに書き方を教えている。

息子の真一郎《しんいちろう》も幼い子どもたちに混じり、見よう見真似で筆を紙の上に動かしていた。

由貴は決して叱るようなことはせず、どんな子にも穏やかな笑みを浮かべ、優しく対していた。

進之介は墨を磨《す》ったり、自ら筆を持って子どもたちに見本の字を書いたりして、由貴の手助けをしていた。

「舟に登って秋月を望み、空しく思う謝将軍《しゃしょうぐん》、余《よ》も亦《また》よく高詠《こうえい》す、斯《こ》の人聞くべからず……」

子どもたちの漢詩の朗詠に合わせて、ミンミン蟬が哭《な》いていた。

だが、神社の境内の欅《けやき》から降るように聞こえた蟬しぐれも、一時の夏の盛りのようには喧《やかま》しくなく、いくぶん蟬の声が減ったように思える。いつの間にか、秋が近づいているのだ。

「先生、これ、どう書くのか教《お》せえて」

筆穂にたっぷりと墨を含ませた筆を手に、道代《みちよ》が進之介に軀を預けるように寄せた。

道代の髪の毛から甘酸っぱい子ども特有の汗の匂いがした。

まだ六歳にしかならないのに、道代にはどこかいっぱしの女を感じさせる仕草や振舞いが身についていた。女の子が持つ本能なのだろうか。

「どれ」

進之介は道代の背を抱えるようにして、右手を道代の筆を持つ右手に添えた。

机の上の和紙には、お手本の「風雨」という綺麗な文字が書かれていた。由貴の繊細で形の整った美しい字だ。

「さあ。こう書くんだよ」

進之介は道代と一緒にお手本の字をなぞるように筆を動かした。

「あ、先生、あまり上手《うま》くない」

進之介は道代と一緒に書き上げて、手本と比べた。確かに繊細な由貴の筆致と違い、筆跡が太太とし、やや右肩上がりになっており、豪快に見える。

「そうだな。これは失敗だな」

「いいえ。進之介さまは、とてもお上手《じょうず》ですよ。風も雨もいかにも荒々しくて元気な字です。本当に嵐の時の強い風雨に見えますよ」

由貴が脇から覗き、笑いながら感想を述べた。

「先生、上手だって。よかったね」

進之介は照れながら筆の尻で頭を掻いた。

「いやあ、参ったなあ」

道代は立ち上がり、書き上がったばかりの書をみんなに見せた。

「これ、進之介先生といっしょに書いた風雨だよ。いいでしょ」

「ちぇ、いいな。先生、今度はわたしのも手伝って」

「わたしも」「おいらも」

子どもたちがどっと進之介の周りに集まってくる。真一郎は真っ先に駆け寄り、進之介の背におぶさろうとしている。

由貴は細い指の手を口にあて、楽しそうにくつくつ笑った。

「分かった分かった。順番順番。順番だぞ」

進之介は袖を引っ張られながら、ほかの子の机に膝を進めた。

「えへんッ」

大原一真の咳払いが聞こえた。進之介は由貴と顔を見合わせ、下を向いた。

「明朝帆席《みょうちょうはんせき》を挂《か》くれば、楓葉《ふうよう》落ちて紛紛《ふんぷん》たらん」

大原一真は声を一段と張り上げ、漢詩の終節を朗詠した。

こちらの騒ぎが気になって、ちらちらと振り向いていた子どもたちも気を取り直し、大声で唱和した。

「漢詩の意味は分かるかな。これは李白《りはく》という唐の詩人が詠《よ》んだ『夜泊牛渚《よるぎゅうしょにはくして》懐古《かいこす》』という漢詩だ」

進之介も大原一真の声に耳を傾けながら、お幸《こう》という幼女の筆に手を添えていた。

「牛渚山の麓を流れる長江西岸での夜。空は晴れ晴れとして、一片の雲もない。舟に乗って秋月を眺めると、今は昔、謝将軍の故事を思い出す。

この謝将軍というのは、晋の鎮西将軍であった謝尚《しゃしょう》のことだ。謝尚将軍が牛渚の城を守っていた時のこと、ある月夜の晩に長江に舟を浮かべて、誰かが詩を吟じていたのを聞いた。そんな風流なことをしているのは、いったい誰か、と使いを出して尋ねたら、詩人の袁宏《えんこう》だった。謝尚は詩を誉めたたえ、袁宏を城に迎えて歓待した」

大原一真はみんなを見回した。進之介も見上げた。

「そこで後段の詩の節になる。

私もこうして声高らかに詩を吟じることができるが、もう謝将軍のような人には聞いてもらえない。

明日の朝、舟に帆をかけて長江を下ろう。きっと、楓の葉が昔を偲んではらはらと散ることだろう。

そういう昔の風流人を懐古する詩だ。みんな分かったかな。ようく意味を噛み締めて、何度も朗読するように。いいな」

「はーい」

子どもたちが元気な声で応えた。進之介も小さな声で「はーい」と呟いていた。

「では、今日の勉強は終わりだ。帰ってよろしい」

「先生、ありがとうございました！」

子どもたちは一斉にお辞儀をして、立ち上がった。騒がしく帰り支度をはじめる。

「はい。こちらも、今日の書道はおしまいですよ。お片づけして帰りましょうね」

由貴が正座したまま、子どもたちにいった。

「先生、ありがとうございました」

幼子たちも正座し直し、由貴に両手をついて挨拶した。

進之介もその場に坐り直し、みんなに挨拶を返した。

「進之介さま、お疲れさまでした。お手伝い、ありがとうございます」

由貴がにこやかに笑みを浮かべ、両手をついて進之介にお辞儀をした。進之介も慌てて頭を下げた。

「いえ、自分も勉強になりました。ありがとうございます」

「先生、遊ぼう」「遊ぼうよ」

片づけが終わった子どもたちが大勢進之介の周りに集まり、袂を引いた。

「待て待て。全部片づけてからだ。みんな外で遊んでいなさい」

進之介はまとわりつく子どもたちをほうほうの体《てい》で社務所から追い出した。

掃き出し口に、おさきが笑いながら立っていた。

「進之介先生、子どもたちに人気があるんですね。さっきから見ていたら、女の子たちにもてもてで」

「からかわないでくれ。子どもたちの元気さには参ってしまう」

進之介は散らかった書きかけの紙や、くしゃくしゃに丸められた紙を集めて、一枚ずつ丁寧にしわを延ばし次回にも使えるようにしていく。

「あら、おさきさん、進之介さまのお迎えですか?」

由貴は手習い用の紙を集めながら、にこやかにいった。おさきは顔を真赤にして頭を左右に振った。

「いえ。たまたま、こちらに買い物に来たついでです」

進之介は知らぬ顔して、箒で床を掃きはじめた。

「お掃除、私もお手伝いします」

おさきはそそくさと社務所に上がった。

「おお、済まんな。おさきさんにまで手伝わせて」

大原一真は井戸から汲んできた桶を床に置いた。由貴が桶の水に雑巾を浸け、固く絞った。

「あ、由貴さま、私が」

「あら、いいのよ。着物が汚れるから」

「大丈夫です。慣れていますから」

おさきはいつの間にか用意した襷を取り出し、手際よく軀に掛けた。宮田屋印の手拭いを頭にかけ、姉さん被りになった。

十七歳の娘姿のおさきがたちまち、おとなの色気がある女に変わる様子に、進之介は箒を掃く手を休め、呆然と見とれていた。

おさきは目でにっと笑い、

「さあ、進さん、ぼんやりしてないで、ゴミを早く掃き出してください。これから雑巾がけをするんですから」

と促した。

「は、はい」

進之介は慌てて箒を動かした。

由貴とおさきは床にしゃがみ込み、手慣れた仕草で雑巾がけをはじめた。

由貴とおさきの色っぽい丸みを帯びたお尻が二つ並んで目に入り、進之介はどぎまぎしながら目を逸《そ》らした。

大原一真は豪快に部屋の端から端まで雑巾の押しがけをしている。

ゴミを掃き出し、進之介も急いで雑巾がけに取りかかった。一真と並んで競うように押しがけをする。

何度も板の間を端から端まで押しがけで往復すると、体中、汗だくになる。

小半刻（三十分）もたたぬうちに、社務所の部屋の掃除は全部終わった。

気持ちのいい汗だった。おさきも由貴も白い歯を見せながら、額や首筋にかいた汗を手拭いで拭っている。

「進之介、もう一汗かくか」

大原一真はいつの間にか、用意してあった木刀を進之介に差し出した。

「はいッ。先生」

進之介は急いで木刀を受け取った。

大原一真は片袖を脱ぎ、片肌を出した。進之介も片肌脱ぎになった。

二人は木刀を帯刀の形で持ち、正対すると、互いに一礼した。

大原一真は厳《おごそ》かにいった。

「これから、おぬしに溝口派一刀流の型をひとつずつ伝授していく」

「はい」

進之介は喜びと興奮で胸の高鳴りを覚えた。

由貴は涼しい目で夫を眺めていた。その傍らで、おさきはやや不安な面持ちで進之介を見つめている。

「今日から竹刀を使わない。すべて木刀を使用する」

「…………」進之介は緊張した。

本気で木刀で打ち合えば、真剣とは違うといえ、怪我は免《まぬか》れない。打ち所が悪ければ、骨折をするだろうし、怪我の具合によれば二度と剣を持てなくなってしまう。時には絶命する場合もある。

「とはいえ、まず型からだ。型を十分に軀で覚えてからでないと、溝口派一刀流の極意は伝授できんのでな」

「はいッ」

「しかし、型だといって、気を抜くな。常に真剣を持っての立ち合いだと思え」

「はいッ」

大原一真と進之介は部屋の左右に分かれた。互いに擦り足で進み出、間合いを取った。木刀を抜き合わせ、蹲踞《そんきょ》の姿勢に入った。

進之介は胸の動悸が激しくなった。

相中段に構えて、立ち上がった。

進之介は気合いをかけ、木刀を青眼《せいがん》に構えた。太刀先を大原一真の左眼につけた。

中段の構えは、五つの型がある。

相手の左眼に太刀先をつける青眼の構え。

軀の急所が集まる正中線を辿って、太刀先を、額中央、眉間、喉元のいずれかの急所につける三つの構え。これらは順に星眼《せいがん》、晴眼《せいがん》、正眼《せいがん》と呼ばれる。

さらに太刀先を下げ、相手の臍にあてる臍眼《せいがん》の構えだ。

大原一真は正眼に構えた。一真の太刀先は進之介の喉元にぴたりと向いている。

進之介は息を呑んだ。

大原一真の軀がみるみるうちに猛烈な気を発しはじめ、巨大な岩石のように重く、進之介にのしかかってくる。

進之介は必死に気合いを発して、一真の気を萎《な》えさせようとするが、一向に隙が出来ず、気の壁を突き破ることができない。

進之介は一真の気に押され、じりじりと後退した。下がってはいけないと思うのに、一真が擦り足で少しずつ前進する度に押されて後退してしまうのだ。

汗が額や背中にどっと噴き出すのを感じた。

進之介は、とうとう部屋の角に押されて後退した。一真の鋼《はがね》のような重々しい巨体を前にして、左にも右にも回れない。

こうなったら、破れかぶれで、相手をぶち破るしかない。

思わず木刀を右上段に上げ、左肘を胸に引きつけ、トンボの構えを取ろうとした。

本能が進之介の軀に薬丸野太刀自顕流の型を取らせたのだった。

「待て！　そこまで」

大原一真が木刀を引き、手で進之介を制した。巨体の気が失せ、進之介はほっとした。

軀の芯が萎えた。立っているのもやっとだった。軀がふらつき、とうとう両膝をついてしまった。

あのまま打ち込めば、大原一真の木刀に弾かれ、胴を抜かれてしまっただろう。

どのように打ち込んだらいいのか、何度も繰り返し頭の中で想像したが、いずれも大原一真の木刀に打ち払われ、勝つことは出来そうになかった。

「参りました」

進之介は木刀を前に置き、大原一真に平伏した。全身、汗でびっしょりになっていた。

大原一真はにこやかに笑みを浮かべていた。

「進之介、気迫があってよろしい。いま、拙者が見せたのは溝口派一刀流の基本の気だ。気によって相手をじりじりと追いつめ、相手がどうしても打ち込まざるを得ない状態に追い込む」

「はい」

「立ちなさい。おぬしはあそこまで気を高めないでいいから無心になって打ち込んで来なさい。これから基本の型を教えよう」

進之介は促されて、立ち上がり、相正眼に構えた。大原一真の軀から再び気が放出されはじめた。

次第に大原一真の軀が岩石のように重く巨大になっていく。

「さあ、打ち込んでこい」

「はいッ」

大原一真は正眼から八双に構えを変え、誘うように隙を見せた。

キエエエイ！

進之介は思い切って斬り間に踏み込み、木刀を打ち込んだ。

打ち込んだと思った瞬間、木刀は弾かれ、大原一真の軀がくるりと向きを変えた。

打ち込む相手を失った木刀は弾かれて空を切った。進之介は勢いのあまり、前のめりになってたたらを踏んだ。急いで木刀を持ち替え体勢を立て直そうとして止まった。

大原一真の木刀が、前につんのめった進之介の肩にとんと当てられていた。

もし、大原一真が木刀を振るっていれば、進之介を後ろ袈裟懸けに斬る型になる。

「この極意は後《ご》の先《せん》を取るだ」

「はいッ」

「相手が木刀を振り下ろすのをぎりぎりまで待ち、相手の打ち込む鼻先一寸のところで体《たい》を躱《かわ》す。すなわち相手がもはや身を返すことができない一瞬を捉え、こちらが体を躱す。そして踏み込んできた相手の軀の横に回り込み、斜め袈裟懸けに相手の軀を斬る。つまり、後の先を取るだ」

「はいッ、先生、いま一度、ご指南をお願いします」

進之介は大原一真に頭を下げた。

「うむ。来い」

大原一真はまた正眼に構えた。進之介は相正眼からじりじりと間合いを詰め、上段に構え直した。

大原一真が八双に構え、ついで右斜め下段に直して、肩先に隙を見せた。

キエエー!

進之介は間髪《かんはつ》を入れず打ち込みをかけた。相手の変わり身に備え、七分の力で木刀を振るう。

大原一真の木刀が閃《ひらめ》き、進之介の木刀を弾き上げた。進之介は相手の体を躱すのに対応して、踏み留まり、そのまま木刀を横に払おうとした。

大原一真の軀がすっと沈んだ。同時にがら空きになった進之介の胸に木刀がとんと当てられた。進之介の横に払った木刀は空を切った。

「う?」

進之介は目を白黒させた。胸に当たった木刀は、真剣だったら、胴を輪切りにされているところだ。

「いま一度、お願いいたします!」

進之介は怒鳴り、再び正眼から、そのまま打ち込みに出た。

これまた大原一真は、進之介の木刀を軽く払い、横に軀を滑らせたかと思うと、進之介の腹に木刀を寸止めで当てた。

「うッ」

進之介は呻《うめ》いた。軽く当たった木刀だが、鳩尾《みぞおち》に入っている。どっと脂汗が額から噴き出した。

「今日は、ここまで」

大原一真は静かな声で命じた。

「いいか、進之介。拙者の身の躱し方、ようく頭に叩き込め。軀に覚えさせろ。今後は、示現流、薬丸野太刀自顕流の稽古とともに、この溝口派一刀流の基本の体捌《たいさば》きの稽古を積むんだ。よいな」

「はいッ、先生。ご指南、ありがとうございました！」

進之介はさっと飛び退《すさ》り、両手をついて大原一真に頭を下げた。

「進之介、溝口派一刀流の極意はまだまだある。奥は深いぞ」

「はい。ぜひ、それがしに、その極意をお教えくだされませ」

「うむ。ところで、進之介、おぬしの太刀筋には、北辰《ほくしん》一刀流を習った形跡もあるな」

「北辰一刀流ですか？」

進之介は思わぬ指摘に首を捻った。何も思い出せなかった。

「そうだ。江戸の玄武館《げんぶかん》におぬしは通っていたかもしれぬ」

「どうして、そのようなことが？」

「分かるのか、というのか？　拙者も北辰一刀流を習ったことがあるのでのう」

「先生も習われたのですか？」

「我が溝口派一刀流と、北辰一刀流では、いったいどこがどう違うのか、学ぼうと思うてな。同じ一刀流でも、北辰一刀流と溝口派一刀流ではまるで流儀や極意が違っている」

「いかなる違いがありますか？」

大原一真は笑顔になった。

「それは、進之介、おぬし自身が体得すべきことだ。拙者が教えることではない」

「はい。畏れ入ります」

「これだけは、申しておく。溝口派一刀流は、戦場での実戦を重んじた小野派一刀流の流れを汲んでいる」

「小野派一刀流から出たのですか……」

進之介は正座し直し、大原一真の話に耳を傾けた。

小野派一刀流は、柳生新陰流とともに、将軍家指南になった流派である。

開祖は、一刀流の祖である伊藤一刀斎《いとういっとうさい》から道統を継いだ神子上典膳《みこがみてんぜん》である。

徳川将軍家は関ヶ原の役以来、代々柳生流を指南に採用していたが、ある日、典膳が柳生但馬守《たじまのかみ》を訪ねて試合をし、柳生但馬守を破ったことから、典膳は柳生と並んで将軍家の指南役に登用された。

典膳は幕臣になってから、小野忠明《おのただあき》と改名、小野派一刀流を名乗るようになった。

小野派一刀流の稽古は荒々しく、実戦向きに刃引きした刀や木刀を使った。忠明は稽古相手がたとえ将軍であれ、遠慮なく打ちのめしたので、将軍は竹刀を使う柳生のほうを重用した。

この小野忠明は、子に恵まれなかったので、弟の忠也《ただなり》に一刀流の道統を継がせた。忠也は伊藤典膳忠也と名乗り、忠也派《ちゅうやは》一刀流を創始した。忠也の養子・忠雄《ただかつ》は伊藤を井藤と改め、以後、井藤派一刀流となる。

溝口派一刀流は、この井藤派一刀流から出た溝口正勝《みぞぐちまさかつ》が開祖である。

小野派一刀流と同様、溝口派一刀流も竹刀の稽古より、木刀や刃引きした刀を使用しての実戦的稽古を重んじる剣術だった。

そのため会津藩主・松平容保《まつだいらかたもり》をはじめ、徳川家の譜代大名たちが好んで溝口派一刀流を指南に採用していた。

「分かりました。いまのお話を心に留めて稽古に励みます」

進之介は神妙にいった。

大原一真はにこやかに笑い、進之介の肩をぽんと叩いた。

「おぬしの剣の筋はいい。努力すれば、きっと大きく伸びる。いまはただただ稽古に励むことだ。いいな」

「はい、ありがとうございます」

壁際に正座して見ていた由貴とおさきが、ほっとした表情で笑い合った。

「進之介先生、早く、お外で遊ぼう」

「早くしないと、日が暮れちゃうよ」

「お姉ちゃん先生も、いっしょに遊ぼう」

掃き出し口から、大勢の子どもたちの顔が覗いていた。

「分かった分かった。いま行く。それまで待っておれ」

進之介は苦笑しながらいった。おさきも立ち上がった。

進之介は片肌脱ぎになっていた着物の袖を戻した。

おさきが先に外に出た。

たちまち子どもたちの歓声におさきは包まれた。

「では」

進之介は大原一真と由貴に一礼し、そそくさとおさきのあとを追って外に出て行った。

ひぐらしの鳴く声が裏山から聞こえている。

2

遠くから暮れ六つ（午後六時）を告げる寺の鐘が響いていた。

陽が落ちて、裏店界隈《うらだなかいわい》の家々や路地は淡い暮色に包まれていた。

夕餉の時を迎え、薄い壁越しに、子どもたちの笑う声や夫婦の楽しげに話す声、赤ん坊の母親に甘える声などが聞こえてくる。

行灯の仄《ほの》かな明かりが部屋をほんのりと照らし上げている。

由貴は食膳を片づけてから、部屋の隅で真一郎を寝かしつけた。

進之介は食膳を前にして大原一真と向かい合い、酒が入ったぐい飲みを手に、お吟から聞いた薩摩藩の内紛をかいつまんで話していた。

大原一真は腕組みをし、目を閉じて聞いている。

「……ということだったのです」

進之介は話し終え、ぐい飲みの酒をあおるように飲んだ。

大原一真はひとつ溜め息をついた。

「そうか。おぬしも脱藩しておったのか」

「はい」

「しかし、なぜ、薩摩藩を脱藩したのか、その理由は思い出せぬのだな?」

「ただお吟どのによると、以前、それがしは攘夷を唱え、水戸藩士の許《もと》に身を寄せていたとのことなので、そのことも何か関係があるのではなかろうか、と思っています」

進之介は、隠れお庭番忘れ草のことや、父がその番頭だったことなどを、大原一真に伏せていたので心苦しかった。

だが、たとえ大原一真や由貴がどんなに信用できる人たちだとはいえ、お吟との約束を破って、秘密を明かすことはできない。

「いくら、おぬしのお父上が江戸屋敷の留守居役という要職にあったとしても、藩が脱藩した者を見逃すわけにはいかぬだろうな。まして、お父上は亡くなっているとなれば、おぬしを庇うこともできまいて」

「はい」

「それでも、お父上やお母上、弟妹を惨殺した輩《やから》を見つけ、仇討《あだう》ちしたい、というのだな」

「はい」

進之介はうなずき、唇を噛んだ。大原一真は黙って銚子を傾け、進之介のぐい飲みに酒を注いだ。そのあとに、手元のぐい飲みにも酒を注ぐ。

真一郎は寝入ったらしく、由貴が台所に立って、食器を洗う音が聞こえた。

「由貴、済まぬが、もう一本、酒を浸けてくれぬか」

大原一真は空になった銚子を振った。

「はい。ただいま」

由貴の明るい声が返った。

「いいえ、ご新造、もうそれがしは十分にいただきました。お食事までいただいた上に、申し訳ございません」

「進之介、遠慮するな。なに、酒は拙者が飲みたいのだ」

大原一真はにこやかにいった。

「済みません。それがしが先生の分まで飲んでしまったようで」

「さっきの話だがのう」

大原一真はぐい飲みを口に運び、ぐびりと飲んだ。

「おぬし、事情が分かるまで、藩邸には無闇に近寄らぬほうがいいな。脱藩者に対する詮議は、どの藩もあまり変わりはない。まして、内紛をかかえた薩摩藩となれば、おぬしがたとえ斉彬派であったとしても、それで反対派から狙われるだろうし、あるいは斉彬派からは裏切り者として狙われるやもしれぬからの」

「そんなものでしょうか」

「藩の勝手な都合で、藩士の一人や二人の命は軽く扱われるものだ」

「…………」

進之介はぐい飲みの酒を飲んだ。

由貴がお盆に銚子を載せて運んで来た。

「お待たせしました」

由貴は進之介の傍らに坐り、銚子を進之介に差し出した。

「さあ、若い人が遠慮してはいけませんよ」

「しかし、そろそろお暇《いとま》せねば。夜も更《ふ》けますことですし」

「いいから。それ一杯くらいは寝酒として飲んでいけ」

「そうよ。そうなさいませ」

由貴は銚子で促した。進之介はぐい飲みを差し出した。

由貴は微笑みながら進之介のぐい飲みに酒を注いだ。

「お吟どのの手紙だがな。何か忠告めいたことはなかったのか？」

「ありました。連絡があるまで、軽挙妄動はせぬようにとのことでした」

「うむ。その忠告に従うのだな」

大原一真はぐい飲みをあおり、由貴に差し出した。

「由貴、おまえも飲みなさい」

「はい」

由貴はぐい飲みを受け取った。

「では、それがしが、お注ぎします」

進之介は銚子を取り上げ、由貴のぐい飲みに酒を注いだ。

「あらあら、進之介さまからお酌されるとはうれしいですわ」

由貴はふわりと笑い、ぐい飲みの酒を口へ運んだ。大原一真はお新香の茄子漬けを一切れ箸で摘み上げ頬張った。

「ところで、進之介、あのお吟という女、どう思うかの？」

「どう思うといわれましても……」

進之介はぎくりとして、大原一真を見た。

「あの女、只ものではない」

「…………」

「身のこなしといい、振舞いといい、ただの武家の娘ではない。おぬしに、何か打ち明けなかったのか？」

「はい。何も」

進之介は嘘をついた。大原一真はじろりと進之介を眺めたが、それ以上は何もいわなかった。

進之介は慌ててぐい飲みの酒を飲み干した。

小半刻経ってから、進之介は大原一真宅を辞して、外に出た。

あたりはすっかり暗くなり、空には満天の星がきらめいていた。細い三日月が南の空にかかっている。

どのくらいの酒を飲んだのか、覚えていないが、大原宅を出た途端、進之介は自分がいつもよりも酩酊しているのを感じた。

長屋の部屋の窓や出入り口からわずかに洩れてくる光や星明かりで、ぼんやりと裏路地が浮かび上がっている。

長屋の朝は早い。船頭や舟子、普請工事の人足、行商人、大工などは、まだ陽が昇らぬうちから起き出し、仕事に出かけて行く。そのため、床《とこ》につくのも早いのだ。まだ長屋の木戸が閉まるには早すぎる時刻だったが、ほとんどの家は明かりを消し寝静まっている。夜更けても明かりが点いている家は、たいていかみさんが内職のお針子さんをしている家だ。

目が次第に暗がりに慣れ、路地もおぼろに見えて歩きやすくなった。

数人の男たちの影がばたばたと雪駄《せった》の音を響かせて、木戸から入って来た。

「…………」

男たちは鋭く何かを言い合い、二、三人ずつに分かれ、左右の路地に散った。いずれも身のこなしが敏捷な男たちだった。

男たちが進之介の脇を駆け抜けた。

暗がりなのではっきりとは見えなかったが、着流しの裾をはしょり、不逞の雰囲気をまとった男たちだった。長屋の住人ではない。

「……なんでえ、二本差しか」

男たちは擦れ違いざま、一瞬、進之介の風体《ふうてい》を確かめ、また走り出した。誰かを探している様子だった。

進之介は自分の家の前に立ち、引き戸を開けようとして、手を止めた。戸が二寸ほど開いていた。

もともと建て付けの悪い戸で、引き戸を足で蹴りながらでないと、開け閉めできないことがある。

だが、家を出る時、きちんと閉めていったはずだ。

家の中に、誰か人が潜んでいる気配がする。

刺客？

進之介は小刀の鯉口を切った。酔いが一瞬にして醒めた。

狭い家の中で立ち回りになったら、大刀よりも小刀のほうが使いやすい。

引き戸に手をかけて開けようとした。戸はびくともしなかった。左手で小刀の柄を握り、親指で鍔を押した。いつでも抜けるようにして、足を戸の隙間に入れた。

足と右手で引き戸を開けた。戸はがたがたと軋《きし》み音をたてて開いた。

土間に一歩足を踏み入れ、暗闇に目を凝《こ》らした。上がり框《かまち》の前に丸い人影が潜んでいた。

人影が身じろいだ。かすかに白粉《おしろい》の匂いがした。

女？

外の路地をばたばたと走る足音が響いてくる。

「お願い、助けてください」

暗闇に弱々しくか細い女の声がした。

足音が近づいた。

「どこへ消えやがったか」

「捕まえたらただじゃおかねえ」

男たちが口々に怒声を上げながら、家の前を駆けて行った。

女の影は蹲《うずくま》ったまま震えていた。

進之介は何もいわずに、敷居から外れて動かない引き戸を足で蹴り、閉めようとした。

男たちが気づいて立ち止まり、路地をゆっくりと戻って来た。

「ちょいと、お侍さんよ」

男たちの一人がどすの利いた濁声《だみごえ》で訊いた。男たちは三人。声をかけてきた真ん中の男が兄貴分のようだった。残りの二人が兄貴分の左右を固めている。

「このあたりで娘っ子を一人見かけなかったかい？」

「娘？　娘がどうしたというのだ？」

「どうもこうもねえやい。見かけなかったかって訊いてんだ」

最初に声をかけてきた男の、左側にいた男が凄んだ。威勢のいい若い男だった。

「ハチ、やめねえか。近所迷惑だぜ」

兄貴分らしい男が左側の男を制し、穏やかな口調でいった。

「いやなに、うちで働いている娘っ子が断りもなしに家を飛び出してしまったんでね。心配している親御さんの代わりに、捜しているってわけですよ」

「見たような気もするがな」

進之介は引き戸をうまく敷居の溝に戻しながらいった。

「どこでです？」

「あの路地の先だったかな」

進之介は裏木戸がある方角を指差した。

「あっちだと？　さんぴん、いい加減なことを吐《ぬ》かしやがって。娘を隠したりしたら承知しねえぞ」

ハチと呼ばれた若い男が怒鳴った。兄貴分はまた手で男を制した。

「兄貴、あの牝狐は確かにこの裏店の路地に駆け込んだんですぜ。おれもシゲもはっきり、この目で見たんだ。なあ、シゲ」

ハチは右側の上背のある男にいった。シゲと呼ばれた男が、うなずいた。

「へえ」

「間違いねえんだな」

「もしかすると、こいつ、家ん中に、あの牝狐を匿《かくま》っているかもしれねえ」

ハチと呼ばれた男は、進之介の肩越しに、家の中を覗こうとした。

進之介は引き戸をぴしゃりと閉めた。

「他人《ひと》の家を勝手に覗こうというのは許さんぞ」

「なんだと、さんぴん。やっぱ《の》、あの牝狐を隠しているな」

ハチは進之介の軀を押し退け、引き戸に手をかけようとした。

「どうしても、覗きたいなら、拙宅を覗かせてやってもいい。だが、覗いて、もし、その娘がいなかったら、ただの詫びでは済まぬ。仮にも武士の家に無断で踏み込むんだ。それだけの覚悟はして覗けよ」

進之介は腰の大刀を鞘ごと抜いた。

ハチは慌てて飛び退いた。背の高いシゲも懐に手を入れ、身構えた。

二人は懐に匕首《あいくち》を飲んでいるのに違いない。喧嘩慣れしている身のこなしだった。

侍さえ怖れないのは、おそらく相当、腕に自信があるからに違いない。

「ハチもシゲもやめとけ」

兄貴分は腰の帯から十手《じって》を抜いた。

「なんだ十手持ちか。奉行所から、そんな十手を預かっているのなら、なおのこと勝手な振舞いは許さんぞ」

進之介は大刀を三人の前に突き出した。

「…………」

兄貴分は右手に持った十手を左の掌《てのひら》で愛《め》でるようにしごいた。どうしようか、と思案している。

「兄貴！」

路地から男の声が聞こえた。ついで、裏木戸がある方角から、数人の男たちの影がばたばたと雪駄の音を立てて駆けて来る。

「兄貴、見つかりやせんでした」

新手《あらて》の三人は息急き切って報告した。

睨み合っている兄貴分たちと進之介を交互に見て「どうしたんです?」と訊いた。

兄貴分は顎をしゃくった。

「もしや、このお侍さんが娘と一緒じゃねえかってな」

一人が進之介を透かし見ていった。

「なんだ、さっきの二本差しじゃあねえか」

「知っているのか？」

「さっき、この路地の先の暗がりで擦れ違いやした」

「そん時、この侍さんは一人だったかい？」

「へえ。一人でふらふら歩いてました」

「ふむ。そうかい」

兄貴分は十手を帯にゆっくりと戻した。

「ところで、裏木戸は開いていたか？」

「扉は閉まっていましたが、閂《かんぬき》がかかってなかったんで、下手をすると娘はそこから逃げたかもしれません」

兄貴分は低い濁声でいった。

「だったら、みんな、ここを出て、周囲一帯を手分けして隈《くま》なく捜すんだ。なに娘の足だ、まだそんなに遠くには行っていないはずだ」

「へえ」「へえ」

男たちは返事をすると、身を翻し、一斉に路地を駆け出して行った。

ハチとシゲは、暗がりでもはっきり分かるような鋭い視線を進之介に向けてから走り去った。

目明しは進之介に向いた。

「お侍さん、こんな遅くにお騒がせして、申し訳ありませんでした」

「いや、話が分かればいい」

「もし、よかったら、お侍さんのお名前を伺いたいのですが」

「他人に名を聞くときには、自分の名を先に明かすのが礼儀ではないのか？」

「失礼いたしやした。あっしは番屋の勝蔵《かつぞう》というけちな野郎です。以後、お見知りおきを。で、お侍さんは？」

「拙者は、素浪人、鏡進之介だ」

「鏡進之介様ですな。よく覚えておきます」

勝蔵は暗がりでも分かるほど、口を歪めて嫌みな笑みを作った。

「鏡進之介様、もし、逃げた娘をこの界隈で見かけやしたら、ぜひ、勝蔵に知らせてくだせえ。こういっちゃなんですが、お頭《かしら》に頼んで、お礼として過分の金子《きんす》をはずむようにいたします」

素浪人と聞いて、勝蔵は貧乏侍と思ったらしい。確かに貧乏侍だが、侍の矜持《きょうじ》は持っている、と進之介は思った。

「ほほう。それでいくらはずむというのだ？」

「三両……いや、あっしがかけあって、五両ははずませましょう」

「五両か。その程度の価値しかない娘なのか？」

「旦那、その娘には、大店《おおだな》から五百両もの貸し金があるんですぜ。それを踏み倒されては面目が立たねえ。見つけてくれた人へ大枚五両も礼金を支払うとなれば、店はさらに損を重ねることになる」

「その娘を捕まえたら、あんたらは、どうするんだ？」

「それは、旦那とは関わりのないことでしょう。あとは、こちらが煮て食おうが、焼いて食おうが勝手でしょう？」

進之介は苦笑した。いつの間にか、旦那と呼ばれている。旦那と呼ばれるような歳ではないのに。暗がりなので、勝蔵も勘違いしているのに違いない。

「ほう。すると、その娘を捕まえるのは、お上《かみ》の御用の筋ではない、ということだな」

勝蔵は答えようとしなかった。

「……では、あっしはこれで失礼しやす」

進之介は勝蔵の背に言葉を投げた。

「おぬしのいう、お頭というのは、いったい誰なんだ？」

「お頭のことを聞いて、どうするんで？」

勝蔵はくるりと振り向いた。

「念のためだ。娘のことを知らせるにしてもだ。悪党の頭に娘を差し出すことになるのでは寝覚めが悪いからな」

「いや、怪しい人ではありやせん。吾妻屋清兵衛《あずまやせいべえ》でさあ」

それだけいうと、勝蔵は踵《きびす》を返し、路地の角から姿を消した。

寝静まっていた長屋のあちらこちらで行灯の火が点けられた。

長屋の住人たちは時ならぬ勝蔵と進之介の怒鳴り合いに、すっかり目を覚まし、固唾《かたずを》を飲んで聞き耳を立てていたのだ。

隣の引き戸ががらりと開き、寝間着姿のお伝《でん》と亭主の三吉《さんきち》が顔を出した。

「進さん、でえじょうぶけえ？」

三吉が眠そうな声で訊いた。

「あんた、大丈夫も何もないでしょ。進さんが無事なんだから、大丈夫に決まっているじゃないの」

「三吉さん、お伝さん、起こしてしまって、悪かったね」

　進之介は謝った。

「いいんですよ、進さん。でも、その娘さん、てのはどこにいるんですかねえ。可哀想に。きっと女郎屋から足抜きしようと逃げ出したんですよ。無事逃げ切ってくれればいいけどねえ」

　お伝が溜め息をついた。

「お伝、なんもおまえが心配することはねえよ。だけどよ、逃げるって、どこへ逃げればいいんだ？　相手は吾妻屋清兵衛だぜ」

「三吉さん、その吾妻屋清兵衛っていうのは、何をやっている御仁なんだ？」

「神奈川宿でやっている両替商の大店でね。もともとは江戸に本店があるらしいんだが、浜に異人さんたちの出島ができるってんで、わざわざこっちへ支店を開いたんだ。これが大当たり。異人さんや異国相手に商売しようという回船問屋や生糸屋に金を貸して大儲けをしている。江戸の幕府にも大金を用立てているんで、最近は、かなり羽振りがいいらしい」

「おまえさん、それは表の話だろ？　進さん、吾妻屋清兵衛には気をつけなさい。裏であくどいことをしているやつだからね。ありあまった金で、神奈川宿や横浜村の土地を買い占め、それを幕府に買わせて、莫大な利益を挙げている。その地上げの時に、江戸や三河、尾張のやくざ者を雇って、地元の百姓や地主をだいぶいじめたらしいからねえ。裏じゃ、やくざ者からも大親分と呼ばれているって話だものね」

「だから、おれは娘が逃げるって、どこへ逃げるんだ、というんだよ。吾妻屋清兵衛が一声かければ、神奈川宿はもちろん、江戸、川崎、品川、保土ヶ谷、秦野、藤沢、小田原、箱根と、どこのやくざも、一斉に動く。裏でやくざの親分たちを手なづけているからな。どこへ行っても逃げ場がない」

「それに、進さん、吾妻屋清兵衛は最近、廓《くるわ》にも手を出しているそうなんだよ。出島に異人相手の廓を出すって話があるけど、それに一口、乗っているらしい。出島創りに、かなりの資金を調達しているので、幕府の老中たちも、吾妻屋清兵衛にはまったく頭が上がらないそうだよ」

「その出島にできる廓って？」

進之介が訊いた。

「江戸の吉原よりもでかいものにして異人たちが出島の外に遊びに出ないようにしようっていうことらしい。その資金を吾妻屋が出したそうだからね」

「おい、そろそろ寝るぞ。寝そびれてしまったが、明日、おれは仕事が早くからあるんだからな」

「あいよ。じゃあ、おやすみ、進さん」

お伝は引き戸を勢いよく閉めた。

進之介は長屋の住人たちのざわめきを耳にしながら、家の中に入り、引き戸を閉めた。

あいかわらず、土間の片隅に娘は軀を丸めて坐り込んでいた。

「娘御、もう大丈夫。追手《おって》はいなくなった」

「…………」

娘はようやく落ち着いた様子で、立ち上がり、暗がりの中で、進之介に深々とお辞儀をした。

「まだ、やつらがこの付近をうろついているだろう。しばらく、家に隠れておればよかろう」

「…………」

娘は返事も身じろぎもせず、暗がりの中に立ったままだった。きっと恐怖で軀が固くなっているのだろう、と進之介は同情した。

「いま明かりを点けるから待っていてくれ。こう暗くては話もしにくい」

進之介は台所に行って、竃《へっつい》の底の灰を火箸で掻き回し、炭火を取り出した。竃に火を燃やし、鉄瓶をかけて、湯を沸かす準備をした。

火付け棒に火を移し、行灯に火を入れた。

ようやくほんのりと部屋の中が明るくなった。

娘は放心したように上がり框に腰をかけていた。髪は島田髷に結い、鮮やかな桃色の縞模様の振袖を着ているが、帯は遊女のように前結びにしていた。

必死に駆けて来たせいだろうか、帯は少し緩み、着物の裾が乱れていたが、娘はまったく気にする様子もなかった。髷も乱れて、ほつれ毛が顔にかかっていた。

俯《うつむ》いているので顔は見えなかったが、まだ稚さを感じさせる細い軀付きから見て、おさきとあまり変わらぬ年頃の娘だろう、と進之介は思った。

「我ながら散らかっておるな。いま片づけるから、休んでいてくれ」

進之介は独り言《ひとりごと》をいいながら、部屋にだらしなく敷いてある万年床を畳み、部屋の隅に片づけた。

「男の一人住まいだ。散らかっている衣類はまとめて、畳んだ蒲団の下に押し込んだ。男所帯に蛆《うじ》が湧くというが、ま、朝までの辛抱だ。我慢してくれ」

隅に重ねてあった座蒲団を取り出し、裏返してから娘の側に押し出した。

「…………」

「遠慮せずに上がって座蒲団を使ってくれ。いまお茶を出そう」

進之介は台所に立ち、急須に番茶の葉を入れて、鉄瓶の湯が沸くのを待った。

ふと娘が嗚咽《おえつ》する声が聞こえた。

振り返ると、娘は行灯の明かりから顔を背《そむ》け、声を忍ばせて泣いていた。肩が小刻みに震えていた。

娘は草履も下駄も履いておらず素足のままだった。どこをどう逃げて来たというのか。白い足はどちらも泥と血で汚れていた。

弱ったなあ、と進之介は思った。

詳しい事情は分からぬが、よほど辛い目に遭ったのだろう。

しばらく泣くのを放っておいたほうがよさそうだった。誰だって泣きたいことがある。そんな時は人目をはばからず大声で泣いたほうが、身も心もすっきりする。

進之介は黙って洗い桶を用意し、そこに鉄瓶の湯を注いだ。水甕《みずがめ》からひしゃくで水を汲み、洗い桶に移してお湯を冷ました。

洗い桶を娘の足許に持って行った。

「さあ、これで足を洗おう。それから、足の傷の手当をしてあげよう」

進之介は娘の足許にしゃがみ、娘の足を摑んで、洗い桶の湯に入れた。

「あ、……自分で」

娘は初めて蚊が鳴くような声で詫び、自分で足を洗いはじめた。見る見る洗い桶の湯が泥と血で濁った。

娘が足を洗い終わったのを見すまして、乾いた手拭いを渡した。娘は小声で礼をいい、手拭いを目に押し当てて涙を拭い、それから両足の水滴を拭った。

「どれ、傷口を診てあげよう。軟膏を塗っておいたらよかろう」

進之介は土間にしゃがみ、娘の足首を取った。娘は慌てて割れた裾を戻した。

「この南蛮渡来の軟膏は、知り合いの藪《やぶ》医者からせしめたものだが、本当によく効く塗り薬でのう」

進之介は貝殻から軟膏を指で取り、娘の素足にある擦り傷や石を踏み抜いてできた傷に塗り込んだ。

ついで手拭いを裂いて作った細布を、両足の傷にあててぐるぐる巻きにした。

はじめ恥ずかしがっていた娘も、進之介が丁寧に傷の手当をするうちにおとなしくなり、なされるままになった。

「これでよし、と。しばらくは歩かずにいるとよかろう。明日になれば、傷も癒えよう」

進之介は娘に微笑んだ。

娘はこっくりとうなずいた。

丸顔の優しそうな顔立ちの娘だった。十六歳にもなっていないかもしれない。

振袖姿が大人びて見せているが、撫で肩の華奢《きゃしゃ》な軀で、胸や腰のあたりは、十分に成熟した女を感じさせず、いたいけな稚さに満ちていた。

珍しく目蓋が二重で、黒目がちの大きな目をしている。鼻が小さく、愛嬌のある受け口だった。正面から見ると、意外に美貌に見えた。

泣きはらしたためか、化粧が落ちて、目蓋がやや腫《は》れ、やつれた表情をしていた。

一見するに、前結びにした帯の様子から、女郎屋から逃げ出して来た遊女のようにも思える。

娘は進之介が見ていると知り、さらに深く顔を俯かせた。行灯の暗い明かりでも分かるくらいに、首筋まで赤くなっていた。

遊女にしてもまだ日が浅く、もしかすると、初めての客を取るのが嫌さに逃げ出して来たのかもしれぬ、と進之介は心中に思った。

娘は進之介に促されて居間に上がった。だが、出された座蒲団には坐らず、畳に正座した。

進之介は急須のお茶を湯飲み茶碗に注いで、そっと娘の前に出した。自分の湯飲み茶碗にもお茶をたっぷりと注ぎ、口に運んだ。

大原家でいただいた酒の酔いはすっかり醒めている。

茶を啜《すす》りながら、自分の名を名乗った。

「名はなんと申す？」

「…………」

「答えたくなければ答えなくてもいいが」

「光《みつ》と申します」

「そうか。お光さんというのか」

「…………」

お光は下を向いたまま、かすかにうなずいた。

正面から見ると、正座したお光の姿はいかにも頼りなさげで、その場にいまにも倒れて消え入りそうだった。

「なぜ、やつらに追われている？」

「…………」

お光は俯いたまま、身じろぎもしなかった。

「わけを聞かせてくれれば、みどもに何かできることがあるかもしれない」

「…………」

「親御さんのところへ無事届けるなり、どこかに匿ってもらうなり、逃げるなり、考えてあげることができると思うが」

「…………」

「近くに身寄りはいないのか？」

「…………」

「どうして、この裏店の路地に逃げ込んだのだ？」

「…………」

「誰か知り合いがおったのか？」

「…………」

お光は下をじっと向いたまま、頑《かたく》なに何も答えようとしなかった。お茶も手をつけようとしない。

困ったなあ、と進之介はお茶を啜った。泣きたいのは、おれのほうだ。

進之介はそれ以上問うのをあきらめ、話の矛先《ほこさき》を変えた。

「お腹が減っているのではないか？」

「…………」

お光の顔の表情がちらりと動いた。

そうか。腹を空かしているのか。

進之介は台所に立ち、お櫃《ひつ》の蓋を開けた。夕食分のご飯が一人前ほど残っていた。大原家で馳走にならなかったら、食べようと思っていた冷飯だ。

「お光さん、少しばかりの冷飯しかないが、茶漬けにでもしたら食べるかい？」

振り向くと、お光は俯いたまま、こっくりとうなずいた。

「ようし。待っておれ。梅干しと、お隣から貰った胡瓜《きゆうり》の一夜漬けがある。それでもいいな」

「はい」

初めてお光ははっきりと声を出した。

進之介は冷飯をお櫃の底から、しゃもじで掬《すく》い、どんぶりに移した。ご飯の上に梅干しと、食器棚から見つけた塩昆布の切れ端を載せ、温め直した鉄瓶のお湯で作ったお茶をたっぷり注いだ。

ほんのりと塩昆布の香りが立ち上った。

包丁で胡瓜の一夜漬けを食べやすく輪切りにし、梅干しと一緒に並べて小皿に載せた。水甕から出した水で、箸を洗い、箱膳にどんぶりや小皿を載せ、お光の前に運んだ。

「なんもないが、こんなものでも、食べれば、少しは元気が出るだろう」

「…………」

お光は箸を手にすると、どんぶりを抱え、猛然とお茶漬けを口に運びはじめた。見る見るうちに、どんぶりにたっぷり入ったご飯を食べていく。

まるで誰かに盗られるのを怖れるかのようだった。胡瓜を頰張り、ご飯をかき込み、また梅干しを頰張り、またご飯を口にかき込む。

華奢な軀付きに似合わぬ豪快なお光の食べっぷりを、進之介は目を細めて眺めていた。

よほど空腹だったに違いない。きっと二、三日、食事をさせて貰っていなかったのかもしれぬ、と進之介は察した。

きれいにどんぶり飯を食べ終わったお光はようやく人心地着いたのか、ほっとした表情で、小さなげっぷをした。口に含んでいた梅干しの種をどんぶりにころんと吐き出した。

ようやく食べっぷりを見ていた進之介に気づいて、ぽっと頬を赤くした。

「……ご馳走さまでした。本当においしかったです。ありがとうございました」

お光は箱膳を脇にどけ、両手を畳について深々と頭を下げた。

「それは、よかった。茶でも飲むか」

「はい」

進之介は台所に立ち、あらためて、竈でちんちんと音を立てている鉄瓶を取り上げ、急須にお湯を注いだ。その急須を手に、居間に戻り、お光の湯飲み茶碗と自分の茶碗に注いだ。

「ありがとうございます。こんなにまでご迷惑をかけてしまって」

お光はそういいながら、おいしそうにお茶を啜った。お光の顔に、さっきまでと違った生気が戻っていた。

進之介は立ち上がり、お光の前の箱膳を持ち上げた。

「あ、私が」

「いや、いい。そこで休んでいてくれ」

「…………」

進之介は箱膳を台所へ運び、どんぶりを洗い場の桶に入れた。前に使った茶碗などといっしょに水に浸けた。

居間に戻り、お光の向かい側に坐った。

「済みません。ご迷惑ばかりおかけして……」

「まあ、膝を崩してくれ」

「はい」

お光は、そう答えたが正座したままだった。

「…………」

お光は何かいいたげだったが、進之介と目が合うと恥じらうように目を伏せた。進之介もつられて、お光から目を逸らす。

これでは、まるで新婚の夫婦のようだな、と進之介は心の中で苦笑した。

「もう夜も遅い。お光さんは休まれたがいい。長持《ながもち》に余分な夜具があるので用意いたそう」

「…………」

お光は進之介を上目遣いに見た。

「ああ、大丈夫だ。みどもは向こうを向いて寝る。決して手は出さぬ。安心して寝てくれ」

進之介は立ち上がろうとした。お光が「お待ちください」と進之介を止めた。

「……お話します。聞いていただけますか？」

お光は顔を俯かせたままいった。

ようやく娘は心を開いたらしく、ぽつぽつと問わず語りに話し出した。

3

お光は、神奈川宿と入り江を挟んで対岸にあった旧横浜村に住んでいた農家の茂作《もさく》と米《よね》の間に生まれた娘だった。お光は長女で、下に弟と妹の二人がいる。

横浜村は全戸数五十余軒ほどの半漁半農の集落である。

茂作はその村一番の働き者で、代々先祖から続いてきた田畑を守ってきた。作物が採れない季節には漁業を生業《なりわい》として暮らしていた。

近年、江戸と関西をつなぐ東海道の往来が増えたこともあり、宿場町である神奈川宿が大きく繁栄した。

そのため、宿で消費する農作物や魚の需要が多くなり、半漁半農の横浜村もその余波を受けて、米や農作物、魚などを宿に持って行って売買するようになっていた。

そうした中、茂作は近所の村人たちと力を併せ、周囲の沼沢《しょうたく》地を開墾し、水田や畑をさらに増やしていった。

村人たちは米だけでなく根野菜や葉野菜も栽培し、できた作物を神奈川宿にある市場に出荷するようになり、どんどん売り上げを伸ばしていた。そのため、茂作の家をはじめ、村の暮らし向きも以前に比べて、だいぶよくなっていた。

そこへ去年、降って湧いたように起こったのが、横浜村の強制移転騒ぎであった。

横浜村は、半島のように海に突き出した中州にあった。

村の西側は川と入り海、北側は入り江に、東側も入り江に続く海に面し、三方を川や海に囲まれている。村の南側だけが低い丘陵に面している。

横浜村の住民は南側の丘陵沿いに西に進み、入り海を大きく迂回して、陸伝いに神奈川宿に出るよりも、横浜村の小さな湊から舟を出し、直接、対岸の神奈川湊との間を往来していた。

いわば、横浜村は周囲を海と川と丘陵に囲まれた陸の孤島のようだった。

幕府はかねてから、アメリカをはじめとする異国から強く神奈川の宿の湊を開くよう迫られていた。そこで、目をつけたのが陸の孤島である横浜村の地形だった。

幕府は横浜村を移転させ、その跡地を整備して、南側に掘割を作って、中村川の流れを導き入れ、四方を川と海によって囲んだ、長崎の出島と同じような出島にし、そこへ異国人たちを隔離しよう、と考えたのである。

その背景には、アメリカ領事のハリスが神奈川宿の湊を開くよう強硬に幕府に申し入れていた事情がある。

幕府はハリスに旧横浜村の地は神奈川宿の一部であり、神奈川宿を開港することと変わりない、と言い逃れをしていたのだ。

ハリスもそんなことにごまかされるような人物ではない。そんな交通の不便な陸の孤島ではなく、あくまで現行の宿場町である神奈川宿に固執した。

そこで一計を案じた幕府は、ハリスが乗り込んでくる前に、旧横浜村の地に横浜出島を建設しておき、それを開港することで押し切ろうとしたのだった。

そこで急きょはじまったのが横浜村の強制移転だった。

仰天したのは、茂作をはじめとする村人たちだった。ある日、突然、幕府の役人たちがやって来て、村人たちに横浜村の地から立ち退くように命じたのである。

当然のこと、村人たちは幕府の命令に猛烈に反発した。先祖の墓や代々受け継いできた土地を離れて、生きることはできないと幕府に強硬に訴えた。

村人たちは結束し、先祖の地から一歩も引かずに抵抗する構えだった。

ぐずぐずしている余裕はない。事を急いでいた幕府は代替地として、村の南側の丘陵地帯の麓の土地を用意し、そこに移り住むよう村人たちに提案した。

のちには元町と呼ばれる地域である。

掘割を挟んだ対岸に移り住むのだから、先祖の墓も近いし、かつての土地からも、それほど遠くに離れるわけでもない。

そうした中、幕府の役人筋から密かに出島開発の情報を得ていたのが、吾妻屋清兵衛をはじめとする幕府の御用商人たちだった。彼らは予《あらかじ》め、代替地になる予定地に手を回し、事前に安く買い占めたのである。

幕府は村を移転させるにあたり、予定の代替地を御用商人たちの言い値で買うしかなかった。そこで御用商人たちは利鞘を稼ぎ、莫大な利益を上げたのだった。

村人たちは移転する際に、幕府から補償金を貰った。さらに、これまで開墾した田畑も幕府に買い上げてもらう約束になっていた。

だが、幕府が買い上げるとなると、田畑は二束三文で買い叩かれる。そこでも暗躍したのが、やはり御用商人たちだった。

どうせ幕府に買い叩かれるより、少しでも高く売りたい。そう考える村人たちにつけ込んで、御用商人たちは幕府の買い上げる値よりも、少しだけ高い値で、横浜村周辺の土地を買い占めていた。

幕府はここでも土地を御用商人から高く買う羽目になった。

一方、思わぬ大金が転がり込んだ村人たちは、にわか成金になり、浮かれてしまった。

目先が利く村人は、その金を元手に農業をやめ、商売に鞍替えしたりしたが、それは少数だった。ある者は豪勢な家を建てたり、またある者は岡場所に通ったり、博打に手を出すようになり、荒れた生活をするようになった。

茂作もそうした一人で、女房のお米の諫《いさ》めも聞かず、家や家族のことも忘れて、女遊びや博打遊びにふけっていた。

女遊びや賭け事も知らずに真面目一筋に生きてきた人間ほど、いったん遊びを知ったあとの転落は早い。

茂作も、とうとう手にした大金のほとんどを遣い果たし、博徒のやくざに莫大な借金をしてしまった。さらに悪いことに茂作は女房にも内緒で、宿の遊女に入れ揚げ、「明け烏」や「百一文」といった高利貸したちから、遊ぶ金を借りてしまった。

「明け烏」や「百一文」とは、朝烏が鳴くころに百文を借りて、夜には百一文にして返す高利の借金である。

茂作の一家は、高利貸しに借金の形《かた》に、新築した家屋や代替地として入手した田畑を取られ、さらには、やくざの借金取りに毎日のように催促されることになったのだ。

借金は利子が積もり積もって、とうとう五百両にもなっていた。

やくざは茂作やお米に借金を返せないなら娘のお光を女郎屋に売りに出せと迫った。

娘を女郎に出しても、五百両という大金はとても返せない。弱りに弱っていた茂作の前に現れたのが、両替屋の吾妻屋清兵衛だった。

吾妻屋清兵衛は五百両をやくざに支払って証文を取り戻す代わりに、娘のお光を妾《めかけ》奉公に出せといってきたのだ。

茂作は迷った末、承知した。娘のお光を女郎屋に売るよりは、まだ妾奉公のほうがお光の幸せになる、と考えたのだった。

茂作は、お光に因果を含め、吾妻屋清兵衛へ届けた。

お光も、自分が吾妻屋清兵衛の妾になれば、五百両の借金を返すことができる、さらに毎月の給金も出るので、両親や小さな弟や妹の生活の面倒を見ることもできるのだからと、納得づくで妾奉公に出たのだった。

ところが、吾妻屋清兵衛の前に連れて行かれたお光は、奉公する先が清兵衛ではなく、下田の異人さんのところだと聞かされ、仰天した。

下田にはアメリカからやって来たハリス公使がいる。そのハリスには、お吉《きち》という芸者あがりの妾がついた。

ハリスには、ヒュースケンという通訳がついている。その異人の妾になれ、ということだった。

しかも、吾妻屋清兵衛と一緒にいた幕府の役人が、お光に、ヒュースケンが誰に会って、どんな話を交しているかを、寝物語に聞き出し、逐一報告するように、と付け加えた。お光に間諜の役目も負わせようとしたのだった。

その代わり、異人さんへの妾奉公の給金として、異人さんから毎月五両が払われる約束になっている。さらに、彼らの動向を探る謝礼として、幕府から別途、毎月五両を支払うことになる。

そういう破格の好条件だった。

お光は吾妻屋清兵衛に妾奉公する覚悟はしていたが、まさか異人さんの妾になるとは思わなかったので、いくらお金を積まれても、それだけは嫌だと断った。

吾妻屋清兵衛と役人は高笑いした。

すでに茂作は、そのことを承知しており、お光や母親のお米も知らないうちに、仕立て料二百両が茂作に支払われていたのだった。

茂作の受け取りの証文を見せられ、お光は泣く泣く異人さんの許に行くことを承諾せざるを得なかった。

事件は、その後まもなくに起こった。

茂作が神奈川宿の馴染みの遊女のところへ行く途中、何者かに襲われ、刺されて殺されてしまった。茂作が持っていたはずの二百両は忽然と消えていた。

番所から知らせを受けた母のお米は半狂乱になって、吾妻屋清兵衛に押しかけ、お光に事件のことを告げた。

茂作が二百両を受け取ったことを知っているのは、吾妻屋清兵衛と、一緒にいた幕府の役人しかいない。どちらかが、あるいは二人ともが、父の茂作を殺した人間と繋《つな》がっているに違いない。

そう思ったお光は逃げ出す機会を狙っていた。

折も折、通訳のヒュースケンが領事館にしようとしているお寺の下調べのために、下田から神奈川宿にやって来ることになった。

ヒュースケンは吾妻屋清兵衛が用意したお茶屋へ投宿する予定で、そこで、お光がそのお茶屋へ送り込まれたのだった。

お光は、その機会を狙っていた。吾妻屋にいる間は、常時、何人も監視がついていたが、お茶屋へ着いてからは、監視が多少緩くなるだろうと読んだのだ。

お光はヒュースケンの寝間へ行く途中、厠《かわや》へ寄る振りをして、監視の目を逃れた。その足で、お茶屋の庭から外へ逃げ出したのだった。


話を終わったお光は妙にさばさばした表情をしていた。

進之介は腕組みをし、お光の話に耳を傾けていた。

「それで、今後のことだ。お光さんは、これからいかがいたすつもりだ?」

「……分かりません、これから、どうしたらいいのか」

お光は静かに頭を振っていたが、きっとして顔を上げた。

「進之介さまは、どうしたらいいと?」

「そうだな。それがしにも、いまは、どうしたらいいのか分からん」

「父の葬儀もあるでしょうし、すぐにでもお母っさんの許に帰りたいのですが」

「それはよしたほうがいい。おそらく、あやつらは、母御の身辺に目を光らせていると思う。行けば捕まるのが必定」

「……でも、いつまでも、ここにいるわけにもいきませんし……」

「なに、しばらくはここにいたらいい。そのうち、何かいい方法を考えつくだろう」

「でも、これ以上、ご迷惑をおかけするわけには……」

「そんな遠慮は無用だ。窮鳥《きゅうちょう》懐に入るだ。それがしのところに逃げ込んだのも何かの縁だろう。少々汚いところだが、我慢してもらおう。外をふらつくよりはまだ安全だと思うが」

「……………」

「ともあれ、今夜はもう遅い。それがしも眠い。一寝入りすれば、何かいい考えが浮かぶかもしれぬ。眠ることにせぬか？」

「はい」

お光は素直にうなずいた。

進之介は長持を開け、普段は使っていないかい巻きや掛け蒲団を取り出した。やや湿ってカビ臭い気がするが、万年床の蒲団に比べればだいぶましだ。蒲団をお光に渡した。お光はその掛け蒲団を丁寧に広げて敷き、かい巻きを重ねた。

「では、おやすみ」進之介も折り畳んであった万年床の蒲団を敷いた。

「おやすみなさい」

お光は頭を下げた。

進之介は袴を脱ぎ、寝間着に着替えて、万年床にもぐり込んだ。

背後で、着物の帯を解く衣擦れの音が聞こえた。

進之介はふとおさきのことを思った。

おさきが、お光を部屋に泊めたことを知ったら、どういうだろうか？

きっと怒るに違いない。怒らないまでも、機嫌が悪くなるだろう。それも仕方がない。

その時は、その時だ。

正直に本当のことをいうしかない、と進之介は腹を決めた。

目を閉じると、たちまち睡魔が襲ってきた。昼間の疲れがどっと出たのだろう。

進之介はそのまま奈落のような眠りの世界に落ちて行った。

4

進之介ははっとして目を覚ました。

台所からことことと俎板《まないた》を包丁で叩く音が聞こえる。そして、炊き立てのご飯の食欲をそそる匂い。ほんのりと味噌汁の香りもする。

進之介は大きく伸びをした。

いつになくさわやかな朝だった。

台所の洗い場に立っている振袖に襷掛けの娘の後ろ姿が目に入った。

竈に赤々と火が燃え、お釜から盛んに湯気が噴き上がっている。

一瞬、おさきか、と思った。

振袖姿の娘が振り向いた。

「おはようございます」

昨夜のお光だった。お光は手にお玉を持ち、朝餉《あさげ》の支度をしていた。

「おはよう」

進之介は慌ててはだけた寝間着の前を合わせ、細帯を締め直した。

「まもなく、ご飯の支度ができます」

「は、はい」

進之介は手拭いを首にかけ、土間に降りた。草履を履き、手桶を持って、引き戸を開けて外に出た。

朝の鮮烈な陽光が路地に差し込んでいた。朝靄がそこかしこに漂っている。

井戸端に大股で歩いて行った。水汲みに来た長屋のおかみさんたちが集まっている。

おかみさんたちは、進之介が現れると話をやめた。

進之介は陽気におかみさんたちと挨拶を交した。おかみさんたちも挨拶を返してはくるがなんとなくよそよそしかった。

昨夜の騒ぎの噂をしていたのだろう。

進之介は知らん顔で釣瓶《つるべ》をたぐり寄せ、井戸から水を汲み上げ、手桶に水を張った。

進之介は手桶から水を両手で掬い、顔を洗った。

背後からばたばたと足音が響き、おトラのがらがら声が聞こえた。

「進さん、昨晩、えらい騒ぎだったねえ。おかげでうちの亭主もあたしも寝そびれたよ」

「お騒がせして済みませんでした」

進之介は謝ることはなかったのだが、行きがかり上、一応、詫びておいた。そうでもしないと、あとあと何をいわれるか、たまったものではない。

おトラは右隣の住人だ。名前の通り、男勝《まさ》りの女で、腕っ節も強い。柔《やわ》な男なら、殴り飛ばされてしまう。

割れ鍋に閉じ蓋とはよくいったもので、そんなおトラにも似合いの亭主がいた。船人足の新平《しんぺい》で、この男も仕事柄、腕っ節は強いのだが、おトラとは正反対に普段はおとなしくて無口な男だった。

それでもしょっちゅう派手な夫婦喧嘩が絶えない。といっても、喧嘩は一方的におトラが怒鳴り散らし、物を投げたり壊したりするもので、そのくせ、すぐ仲直りする。夫婦仲はいたってよく、いまは五人の子持ちである。

だから、夫婦喧嘩がはじまっても、みんないつもの行事《こと》だと知らん顔をしている。

そんなことを知らない進之介は一度喧嘩の仲裁に入ったことがあるが、かえって騒ぎが大きくなって失敗した。

その時の喧しさを考えたら、昨夜のやくざ連中とのいざこざのほうがはるかに静かだったはずだ。

「何があったのよ。進さん、今朝はあんたの家から女の声がしたよ。どうなってんのよ」

おトラの詮索好きがはじまった。

ほかのおかみさんも我が意を得たりと、みんな進之介に注目している。

「これは内緒にしてほしい。娘御の命がかかっているからの」

進之介はそう断って、みんなを見回した。

どうせ、内緒だとはいっても、昼前には長屋の住人全員が知ることになるのだが、下手に隠すとかえって妙な噂になって広がることになる。

むしろ、やくざ者がお光を取り返しに来ることもあるからと、予め警戒心を植えつけておいたほうがいい。

進之介は、昨夜のいきさつを、正直にかいつまんで話した。

「……というわけで、やむをえず、しばらく娘さんを家に匿うことにした。みんな、変に勘繰らないでほしい」

「でも、いくら進さんとはいえ、いい若い者がふたり、同じ屋根の下で暮らしていたらねえ。どうなるか、分かんないよねえ」

おトラの声に、口さがないおかみさんたちがあれこれ言い合いはじめた。

「そんなに心配してくれるなら、誰でもいい、娘御を引き取ってくれ。それがしだとて、本当に、どうしたらいいのか、困っているのだからの」

おトラをはじめ、みんなは黙った。どの家も自分たちの生活の面倒を見るのが精一杯で、見も知らぬ娘を引き取って匿う余裕などない。まして、やくざ者につけ狙われている娘となれば、誰が厄介を引き受けようか。

進之介はおかみさんたちに見送られるようにして、家に戻った。

お光は部屋に正座し、進之介の戻るのを待っていた。

箱膳が二つ向かい合わせに並んでいた。

「済みません。勝手に台所に立たせていただきまして……」

「いや、助かる。自分で作るのは、なにかと面倒なものでな。しかし、おかずの材料が何もなかっただろう?」

「はい。でも、せめてお味噌汁をと思い……」

箱膳には、菜種油で炒めて味噌を和《あ》えた茄子、塩で揉んだ胡瓜の輪切り、ワカメの味噌汁が並んでいた。

いずれも野菜入れに入れたまま昨日までほったらかしてあったものだ。

ほんのりと焼き味噌の香ばしい匂いがした。

「うまそうだ」

進之介は箱膳の前に正座した。

お光は炊き立てのご飯を茶碗に盛り、進之介が坐った箱膳に載せた。自分の箱膳にもご飯の茶碗を置く。

お光と差し向かいになって食事をすると、まるで夫婦のような気分になる。

「いただきます」

二人はもくもくとご飯を食べはじめた。時折、お互いの顔を見交しては下を向いた。

「食べながら、話すことではないが、これから、どうなさるかの」

お光は食べるのをやめ、箸を膳に置いた。

「一晩、寝ずに考えました。私は、やはり吾妻屋に戻ろうと思います。それが進之介さまにも迷惑をかけずに、すべてを丸く納める方法だろうと思うのです」

「みどもは戻るのに反対だな。戻るということは、吾妻屋清兵衛のいいなりになり、ヒュースケンの妾になるということだろう？」

「…………」

「みどもが考えるに、おぬしの妾奉公には、何か裏がある。吾妻屋清兵衛は幕府の役人と結託し、おぬしを人身御供《ひとみごくう》にして、何か利権を得ようとしているのではないか？」

「…………」お光は俯いたままだった。

「おぬしの父上が、馴染みの女のところへ行く途中に、何者かに殺され、二百両を奪われたのも、予め仕組まれたもののようにも思えるな」

「…………」お光はきっとした顔付で進之介を見た。

「おぬしの父上が博打に手を出し、五百両の借金を作ったのも、考えようによっては、誰かにはめられたのではないかと、みどもは思うが」

「では、私はどうしたらいいのでしょう？」

「しばらくは、ここにいるがいい。それがしが、おぬしの代わりに少し調べてみよう。誰がお光さんのお父上を襲って金を奪ったのか？　その下手人を捜し出せば、何かからくりが分かるように思うな」

「……でも、そのからくりが分かったとして、どうなるのでしょう？」

お光は半ば投げやりな口調でいった。

進之介は、お光の顔を見ながら、ふとお光がお茶屋から逃げ出した本当の理由を、まだ正直に話していないような気がした。

「ところで、ひとつ聞いておきたいことがある。お光さんは、お茶屋を逃げて、本当はどこへ行こうとしていたのだ？」

お光は、はっとして進之介を見て、それから、すぐに目を伏せた。

やはり、この娘は何か大事なことを隠していると、進之介は思った。

「おぬしは、お茶屋を抜け出した。そのお茶屋は、どこの茶屋だ？」

「…………」お光は顔を伏せたままだった。

「あの勝蔵たちに追われて、やむをえず、この長屋に逃げ込んだが、どこかへ行く途中だったのだろう？　誰かに会いに行こうとしていたのではないのか？　正直に話してくれぬかの」

お光はしばらくじっとうなだれていた。

進之介は辛抱強く待った。やがて、お光は深い溜め息を洩らした。それから、観念したような面持ちで顔を上げた。

「直三《なおぞう》さんに一目会いたかったのです」

やはり男がいたのか、と進之介は合点した。「許嫁《いいなずけ》かい？」

「はい。同じ横浜村に育った幼馴染みです。隣同士でした。幼い子どものころから、いつか一緒になろうと誓い合っていたのです」

「その直三さんは、お光さんが妾奉公に行くのを知っていたのかい？」

「ええ。私が話しました」

「反対しただろうな？」

「……一緒に死のうといってくれました。それを聞いただけで、私は満足でした。妾奉公に出る決心もつきました」

「直三さんは、いま、どこにいるのだ？」

「村を出てから神奈川の浜に移って、漁師をしています」

宮田屋の前の通りを越えて、海辺に下りて行けば、そこには漁師の舟が並んでいる。進之介が打ち上げられた浜でもあった。

「でも、もういいんです。私は直三さんに会わずに戻ろうと思います」

「ちょっと待て。みどもに考えがある」

その時、表の引き戸ががたぴしいい、がらりと引き開けられた。

柳眉《りゅうび》を逆立てたおさきの顔が進之介を睨んでいた。

5

路地に出たおさきは振り向くと、いきなり進之介を詰《なじ》った。

「お伝さんがいっていたのは、本当だったのね。進之介さまが、そんな方だったとは思わなかった」

おさきは振袖で顔を被《おお》った。

進之介は慌てておさきを宥《なだ》めるようにいった。

「お伝さんがなんといったか知らないが、とんでもない勘違いだ」

「何が勘違いですか。ああして、お家にきれいな娘さんを連れ込んで、ふたりそろって仲睦まじく、朝食をいただいていたではないですか。それがなによりの証拠」

「それにはわけがあって……」

「私は心から進之介さまを信じていましたのに、まさかまさか、あのような女の人がいたとは……」

おさきは、それ以上は言葉にならず、振袖の端を嚙んで堪《こら》えていた。おさきは進之介を上目遣いに睨んだ。目にいっぱい涙を浮かべている。

進之介は頭を抱えた。

なんと説明したらいいのか、頭が混乱して分からない。下手に弁解すれば、何か言い訳がましくなり、かえってあらぬ誤解を受けそうだった。

「おさきどの、まあ、落ち着いて。みどもの話も聞いてくれ」

「さっきから、ちゃんと聞いています」

路地の長屋のあちらこちらの戸が開き、物見高いおかみさんたちが顔を出している。

最悪の事態だ、と進之介は思った。

「ともあれ、ここでは話しにくい。家に行こうではないか」

「私は、一向に話しにくいことなんかありませんよ」

「おさきどのはそうであっても、みどもには話しにくいのだ」

「言い訳なんか聞きたくありません」

「言い訳ではない」

「じゃあ、なんですか。開き直るのですか」

おさきは意地になっていた。

「そうではない。ともかく、ここではまずいのだ」

「私にはちーっともまずいことはありません」

「あまり、おおっぴらな話になると、まずいことがある」

「そんなやましいことなんですか」

「そんなことはない」

「だったら、お天道様《てんとうさま》の下で、正々堂々、男らしくお話しになったらいいではないですか」

「分かった。まず、誤解するな。それがしと、あのお光さんは、なんの関係もない」

「あの方はお光さんとおっしゃるのですね。分かりました。なんの関係もない人が、どうして朝早くから仲睦まじく向かい合って、ご飯を食べていらっしゃるのですか」

おさきは、ああいえば、こういうと、舌鋒鋭く突っ込んでくる。進之介は守勢一方に立たされていた。

「ちょっと、お嬢さん」

いつの間にか、お光が外に出て来て、おさきに声をかけた。

「…………」

おさきは、一瞬たじろいだ。

「進之介さまのおっしゃることは本当なんです。ご迷惑をかけているのは私なんです」

お光は桃色の縞模様の振袖姿だった。帯は後ろで結んでいるので、昨夜のような遊女風の色気はないものの、振袖のあでやかさは、あきらかに普通の町人娘ではなかった。

「お光さん……」進之介は戸惑っていた。

「おさきさんとおっしゃられましたよね。本当に、私は進之介さまと、なんの関係もないのです。昨夜、悪いやつらに追われて、この裏店に逃げ込んだところを、進之介さまに助けられ、一晩だけ、匿っていただいたのです。どうぞ、進之介さまを信じてやってください。私からもお願いいたします」

お光が深々と頭を下げた。おさきは、思わぬお光の登場に、機先を制され、黙ってしまった。

「…………」

「ともかく、わけは家に入って。おさきどの、頼むから、話を聞いてくれ」

進之介はきょとんとしているおさきを長屋の家のほうへ促した。お光もおさきの背に手をあて進之介の家へ誘った。


「……というわけだったのだ」

進之介はおさきにこれまでのいきさつを包み隠さずに話した。

傍らに正座したお光は俯いたまま、進之介の話にうなずいていた。

おさきはようやく納得したのか、愁眉を開き笑顔になった。

「お光さん、そんな事情とは知らないで、あなたのことを悪く思ったりして、本当にごめんなさい」

「いいえ。とんでもない。私こそ、この長屋に逃げ込まなければ、こんな騒ぎにはならなかったのです。進之介さまやおさきさんに、迷惑をおかけしたのは、私のほうです」

進之介はほっと安堵の溜め息をついた。

これでひとまず悶着は避けられた。

おさきは誤解が解けて、さばさばしたのか、いつもの元気を取り戻した。

「さっき泣いたカラスが、もう笑ったか」

「だって、進之介さまとお光さんが、あんなに仲睦まじくしていれば、誰だって……」

「分かった分かった。もう済んだことだ」

進之介はおさきが口惜しさを思い出した様子なので、慌てて話の矛先を変えるようにいった。

「お光さんの許婚の直三さんのことだ。直三さんが神奈川の漁村にいるのなら、みどもが訪ねて、ここへ連れて来ようと思うのだが、いかがかな？」

「…………」

お光は俯いたまま、何もいわなかった。

「直三さんに会いたいのだろう？」

「……はい」

お光は顔を上げ、うなずいた。だが、お光の顔はすぐに曇った。

「でも、進之介さまの手を煩《わずら》わせるよりも、私のほうから会いに行こうかと……」

「それは危険だと思うな」

「そうよ。私も危険だと思うわ」

おさきも進之介に合わせた。

進之介は腕組みをし、お光を見やった。

「勝蔵たちは直三さんとお光さんの間柄を知っているのではないか」

「はい。知っていると思います。直三さんは、私を助けようとして、吾妻屋へ押しかけて来たのです」

お光は溜め息をついた。

「うむ。それでは勝蔵たちは直三さんのところに、お光さんが現れると考えて、手ぐすね引いて張り込んでおるだろうな」

「そうね。お光さん、そんなところへ、行ってはだめよ。捕まるだけだから」

「……はい」

お光はまた俯いてしまった。

おさきはお光の振袖に目をやった。

「ところで、お光さんは、着替えをお持ちなのですか？」

「いえ」

お光は頭を左右に振った。

「もし、よかったら、うちに行きませんか？　私の着物を出しますから、着替えをなさったらどうでしょう。その振袖の色や柄では、あまりに目立ち過ぎると思うので」

進之介も、そのことは気になっていた。

　口には出さなかったが、昼日中に、そのような遊女が着るような振袖姿でうろついていたら、きっと勝蔵たちに見つかってしまうだろう。

　お光は顔を上げ、おさきを見た。

「そんなお世話になってしまっては」

「いいのいいの。遠慮はしないで。それに、ここにいては、進之介さまがお困りにな
るでしょうし」

「それがしは別に困るわけではないが……」

　と進之介はいいかけ、おさきが鋭い目で睨むのを見て、慌てて言い直した。

「確かに長屋の物見高いおかみさんたちの格好の噂話になってしまうだろうからな。

それに、ここにいては、いつ何時、勝蔵たちが戻って来るともかぎらないのでな」

「そうですよ。狭い長屋よりも、うちへ来てください。私がお父っあんにお願いして、
お光さんを匿って貰います。うちの離れなら、周囲に大勢の店子《たなこ》がいるので、やくざ
者も、そう簡単には入って来られないし、ここよりもずっと安全ですよ」

「それがいい。おさきどののいう通りにするがいい」

　進之介はお光に勧めた。

お光はほっとした表情でうなずいた。

「では、おささん、お言葉に甘えさせていただきます」

「よかった。さあ、すぐに、私の家に行きましょう」

おさきはお光の腕を取るようにして促した。お光は進之介とおさきに「どうぞ、よろしくお願いいたします」と頭を下げた。

6

海原はまるで春の海のように凪《な》いで、のったりと広がっていた。

引潮なので、海は後退し、打ち寄せる波も穏やかで弱々しかった。

遠くの水平線には、季節外れの入道雲がもくもくと立ち上がっている。

柔かな陽射しが、海浜に引き揚げられて並んでいる小舟の群れを照らしていた。

舟の傍らで朝の漁を終えた漁師夫婦たちがのんびりと談笑しながら、四方網や投網《とあみ》を陽に干したり、綻《ほころ》びを繕《つくろ》っていた。次の漁に出る用意をしているのだった。

進之介は松林の小道をゆっくりと浜辺に下りて行った。

海浜に沿って何十戸もの漁師小屋が軒を寄せ合って建ち並んでいた。

漁師小屋の前の空き地には、棚が並び、ワカメなどの海草が干されている。

漁師たちの集落の先に湊があり、回船問屋の小屋や倉庫群が見える。

桟橋には帆を下ろした千石船の桧垣回船《ひがきかいせん》や樽《たる》回船が停泊し、船人足が荷を担ぎ、忙しく働いていた。沖合には、何十艘もの船が帆を下ろして沖待ちをしている。

荷を積んだ伝馬船が、船と湊の間を行き来している姿も見える。

進之介は、声高に話しながら紐で網を繕っている顔見知りの漁師の春吉《はるきち》タツ夫婦に近づいた。

「おかみさん、仙《せん》さんは、どこにおるかの？」

「仙造《せんぞう》かあ。あっちにいるべえ」

真っ黒に日焼けした春吉は、欠けた歯を見せ、手にした木針で、数隻並んだ舟の陰を指した。

かみさんのタツは、春吉に文句をいった。

「そんじゃ、進さんも、分かんめえよ」

タツは「よっこらしょ」といいながら腰をとんとんと叩いて立った。

「なんか仙造に用事があるってのかい」

「うむ。ちょっとばかりの」

「おおい、仙造！　進さんがあんたを捜してるよ」

「おおうい。なんだあ？」

三隻ほど先の舟陰から、捻じり鉢巻をした仙造が立ち上がった。

「ああ、進さん、こっちへ来なせえ」

進之介はタツに礼をいい、仙造のところへ歩いて行った。

仙造は漁師仲間の若衆たちと、舟陰でサイコロ賭博に興じていたらしい。

若衆たちはいったんサイコロを隠そうとしたが進之介と分かって安心し、またサイコロや小銭を懐から出した。

サイコロ賭博は一応御法度《ごはっと》だった。だが、最近は幕府の権威が弱くなり、庶民の生活の取り締まりが緩くなって、役人たちも博打に対し、大目に見るようになっていた。

とはいえ、御法度は御法度である。

若衆たちはまたわいわい騒ぎながら勝負を再開した。

「おら、ちょっくら、抜けらあ」

小遣いをすってしまったらしく、仙造は両手の砂を払い、立ち上がって、進之介のほうにやって来た。

「なんすかい？　進さんがわざわざおいでになるとは？」

仙造は手をかざし、陽射しを遮りながら、日焼けした顔を歪めて笑った。

「仙造さん、忙しそうなところを、済まないな」

「いいってことよ、あんまりケチな勝負ばかりやっていると、ますますツキを失ってしまうんでね。で、いったい、あっしにどういう用事なんです？」

「こちらに、直三《なおぞう》という漁師がいると聞いたんだが」

「ああ、横浜村から来た直三ですね。ええ、います。あいつ、さっきまで、うろうろしていたんだけどな」

仙造は手をかざしたまま、陸揚げしてある舟の群れをじろりと眺めた。

「いまはいねえな。金がねえんで、不貞寝《ふてね》でもしに小屋へ帰ったのかもしれねえ。直《なお》のやつ、最近ツイてねえからねえ。すっかり荒れちまって」

「荒れてしまったと？　どうしてかの？」

「直はね、もともとは真面目で、働きもんのいい漁師なんだけどねえ。最近、将来を言い交わした女と別れることになって、自棄《やけ》になっちまったらしいんです。酒をくらうと、死にてえ死にてえ、と大騒ぎをしたりしてね」

「やはり、そうか」

「やはりそうかって、進さん、知っていなさったのかい？」

「うむ。そのことで、実は直三さんに話があるんだ。悪いが、直三さんをここへ呼んで来てくれぬか?」

「ここへ?　あっしと一緒にあいつの小屋へ行けばいいじゃないですかい」

「そうしたいのだが、ひょっとすると、まずいことになりそうなのだ」

進之介は、妾奉公から逃げ出したお光のことを話した。きっと吾妻屋清兵衛の手の者が直三を張り込んでいるだろうことも告げた。

仙造は大きく胸を叩いた。

「そういう事情があったんですかい。ようがす。内緒で、呼んで来ましょう。そういえば、今朝、漁から帰って来ると、人相の悪い連中が、このあたりをうろちょろしていたっけ。きっとそいつらが直三を張っているんだな」

「やはりな」

「じゃあ、ひとっ走り、行ってきやす」

仙造は捻じり鉢巻していた手拭いを解き、首に巻いた。いきなり着物の尻をはしょって、浜を走り出した。

進之介は舟の陰に身を潜め、仙造の行く手を見守った。

仙造は漁師小屋が建ち並ぶ集落に駆け込むと、路地に姿を消した。

はたして、一軒の小屋の脇から見覚えのある長身の町人姿の男が現れた。昨夜のシゲという無口な男だった。

シゲの背後から、もう一人、着流しの浪人が現れた。月代にも剃りを入れていない総髪に髷を結っただけの頭をしている。遠目だったが見覚えのない浪人だった。

二人は言葉を交し、いましも仙造が消えた先を窺っている。

やがて、シゲと浪人はさっとまた元の小屋の陰に身を隠した。それと入れ代わるように、仙造が一人で駆け戻って来る姿があった。

仙造は帰って来ると、手拭いで首筋の汗を拭った。

「直の野郎、いねかったすねえ。親方の話では、金もねえのに、行き先も告げずに、どっかへ出て行っちまったらしい」

「親方って？」

「直はまだ雇われ漁師なんでさあ。安兵衛《やすべえ》親方の下から独立して、舟持ちの漁師になるには、ちょいとばかり金がないとね。それで、直は一所懸命働いては、こつこつと日銭を稼いでいたんですが、女を失ってから、その金を全部博打にはたいてしまった。馬鹿な野郎ですよ。たかが女一人に、てめえの将来を捨ててしまっちゃあなんねえのにな」

仙造は文句をいい、頭を振った。

「どうして、博打に手を出したのかな？」

「そりゃあ、決まってまさあ。少ない元手で一挙に稼ぎ、舟持ちの漁師になって、親を安心させたかったんじゃねえかな。やつの両親は横浜村でほそぼそと百姓をやっているって聞いたからね」

「…………」

進之介は顎をしゃくった。

「だけどよ。博打で大儲けしたやつはいねえ。あっしらだって、博打は好きだけどよ。小遣い稼ぎ程度に、ほどほどにしておかねばね。いい嫁も来てくれなくなるもんな」

進之介は話を聞きながら、別のことを考えていた。

真面目な直三のことだ。もしかして、直三は、博打で大儲けし、吾妻屋清兵衛に五百両という借金を払って、お光を連れ戻そうとしたのではないのか？

「仙造さん、その直さんのために、ひとつ頼まれてくれないか」

「いいですぜ。いったい、なんですかい」

進之介はあたりを見回し、聞き耳を立てた者がいないのを確かめた。

7

神社の境内《けいだい》を、ひんやりと肌寒い風が吹き抜けた。

この数日、急に秋めいて寒くなっている。

境内に生えているウルシやアカメガシワの葉が一挙に赤く色づいていた。

進之介は、いつもの通り、松林での立ち木打ち横木打ちの稽古を終え、今日も大原一真の寺子屋がある神社の社務所へまっすぐ駆けつけた。

進之介のたっての頼みに根負けした大原一真が、寺子屋の授業が終わったあとという条件で、境内の空き地で、溝口派一刀流の型の手解《てほど》きをしてくれることになったのだ。

欅《けやき》の大樹の下、進之介は木刀を正眼に構え、大原一真に対した。

進之介は受けに回っていた。大原一真がゆっくりと上段から打ってくる。それを木刀で受けると同時に体《たい》を躱《かわ》し、くるりと軀を入れ替えて、大原一真を背後から打つ。

口でいうは易《やす》いが、これを実践するのは、なかなか難しい。

進之介は何度も何度も大原一真相手に、打ち込んで貰い、体を躱す稽古をした。軀が動きを覚えると、徐々に速度を上げ、実際の打ち込みと同じ速さにしていく。

それを何十何百回と繰り返していくうちに、身のこなしが滑らかになり、速度も速くなっていった。

「そうだ。なかなか、よろしい」

「ありがとうございます」

進之介は稽古着が汗でびっしょりになるのも構わず、木刀を振るった。

「さて、その基本を身につけたら、今度は身を躱すだけでなく、相手の体を崩すのも覚えねばならない」

「はいッ」

「では、どう相手の体を崩すのかだが、今度はおぬしが私に打ち込んで来なさい」

大原一真は正眼に構えた。進之介はゆっくりと木刀を八双に構え、間合いを取った。

ついで、一瞬にして斬り間に飛び込み、木刀を振り下ろした。

大原一真の木刀ががきっと音をたてて進之介の木刀を受け流した。進之介は途端に踏み込んだ足を払われ、その場に前のめりに転がった。

木刀が起きようとした進之介の頭上に振り下ろされ、ぴたりと寸止めになって止まった。

「相手の剣だけに気を取られるな」

「は、はいッ。いま一度」

進之介は飛び退き、木刀を正眼に構えた。

大原一真は真顔になり、八双に構える。

「さあ、思い切り、かかって来い」

大原一真は右足を後ろに半歩引き、誘いの隙を作った。

キエエエッ！

進之介は隙を見て木刀を上段に振り上げ、一気に斬り間に踏み込んだ。足を払われるのを用心して、木刀を振り下ろす。

木刀が弾かれた。木刀が空を切る。大原一真の大きな軀がくるりと回りながら、今度は進之介にどんと体当たりした。

進之介は避けきれず、体を崩してよろめいた。大原一真の木刀がすっと伸び、進之介の喉元に入って寸止めになった。

「いま一度、お願いいたします」

進之介はまた飛び退き、間合いを取った。

大原一真は正眼に、進之介は今度は下段に木刀を構えた。

木刀を地に這わせるように進み、間合いに飛び込んで、下からずり上げるように、大原一真を斬り上げる。そうすれば足払いも体当たりも防ぐことができる。

大原一真の大きな軀がふっと横に消えた。

進之介の木刀は空を斬った。途端に進之介は横合いから後ろ足を払われ、どうっと背後に倒れて尻餅をついた。

大原一真の木刀がとんと首筋に当たって止まった。

「まだまだ」

進之介は飛び起き、木刀を持って大原一真に体当たりをかけた。大原一真はくるりと体を躱して進之介をいなした。ついで大原はにこやかに笑いながら、木刀で進之介の木刀を受け、鍔迫《つばぜ》り合いの形になった。

進之介は押し負けまいとして、木刀で大原一真の木刀を押した。

ふっと相手の力が抜けるように感じた。その途端、進之介は木刀を手にしていた腕を、大原一真の手に絡《から》め取られた。

あっと思う間もなく、進之介は大原一真の腰車に乗り、木刀を握ったまま、地面に叩きつけられた。

進之介は急いで起きようとしたが、大原一真の木刀が頭にこつんと当たっていた。

「剣術は、なにも剣だけで闘うわけではないぞ。剣術は体術でもある」

「はいッ」

「いいか。剣捌きだけで相手に勝とうと思うな。相手を倒すためには剣だけでなく、軀のすべてを使って倒す。体捌きでもいい。足払いでも体当たりでもいい。腕を取っての投げでもいい。軀のすべてを使って、相手を倒す稽古をしろ」

「はいッ」

「いまは体捌きや軀を使って相手の体を崩すことを教えているが、もし、足が届きそうになかったら、剣で足を払え。剣で足を薙《な》げ。相手は避けようとして必ず体を崩す。相手が体を崩したら、相手が立ち直る前にすかさず斬り間に踏み込んで打つ。それが、我が一刀流の極意だ」

「はいッ」

「それから、もうひとつ。これは北辰一刀流の教えでもあるが、無闇に相手を斬ろうと思うな。真剣で相手を殺すのは、最後の最後、どうしてもやらねば、己が殺されると思った時だけだ。常に刃を合わせずに勝つ。それが最上の策だ、ということをしっかり胸に叩き込んでおけ」

「はいッ、先生」

大原一真はちらりと社務所のほうに目をやった。社務所の前には、いつの間にか、由貴とおさきが立って待っていた。おさきがそわそわ落ち着かぬ様子だった。

何かあったのだな、と進之介は思った。

「では、本日は、ここまで」

「ありがとうございました」

進之介は木刀を右手に持ち替え、一礼した。

大原一真も、進之介に答礼した。

一真は踵を返して、社務所のほうへすたすたと歩きはじめた。

進之介は息が上がっていた。仰向けに倒れた時に打った腰や背中も痛い。

急いで襷を外しながら大原一真のあとについて歩いた。

おさきが、進之介に駆け寄った。

「進之介さま、たいへんです」

「どうした？」

「お光さんが家からいなくなったのです」

「何もいわずに出て行ったというのか？」

「はい」

進之介は訝《いぶか》った。

あれほど、お光には外に出ないようにといっておいたはずなのに。

「いつ？」

「それに気づいたのは、未《ひつじ》の刻（午後二時）ごろです。湯屋に誘おうとして離れに行ったら、もぬけの空《から》でした」

「書き置きは？」

「ありませんでした」

「誰もお光さんが出て行くのを見ていないのか？」

「誰も見ていなかったようです。みんな、店の者は忙しかったので、離れのほうまでは気が回らないでいたのです。ただ、お伝さんが気づいたらしいのですが、店先から奥を窺うように覗いていた女の子が一人いたそうだったけど」

「女の子？」

進之介は顎を撫でた。

お光には妹と弟がいるという話を聞いていた。その妹のほうだったのだろうか？

8

進之介がおさきとともに、宮田屋に戻ったのは、その日の夕方だった。

店には一人の若い男を従えた仙造が待っていた。

仙造は進之介とおさきの姿を見ると、急いで上がり框から立ち上がった。

「ああ、進さん、待ってやした。こいつが、例の直三です」

仙造の傍らに、若い男が神妙な顔付で控えていた。

年格好は十八、九歳ぐらいで、進之介とあまり変わりはない。

「直三といいやす。どうも、お光ともども、お世話になっております」

直三は腰を低めて進之介に頭を下げた。

仙造と同じように日焼けで真っ黒な顔をしていた。丸顔で、愛嬌のある目が子どものようにくりっとしている。

醜男《ぶおとこ》とはいわないが、頬には不精髭が生え、月代にも毛が立っていて、少しだらしなさを感じさせる。

きっとお光と一緒になれず、自暴自棄になって生活も荒れているからなのだろう、と進之介は思った。

「直《なお》と連絡が取れたのは、今日の昼過ぎのことだったんですよ。この馬鹿、今朝は仕事にも現れず、性懲りもなく国分《こくぶ》親分の賭場に入り浸っていたんでさあ」

「国分親分?」

「神奈川宿では一、二の勢力を張っている博徒の親分でしてね。こういってはなんですが、貧乏人いじめの評判が悪いやくざですよ。なあ、直」

「へえ」

直三は卑屈に、ちょこんと頭を下げ、頭をぼりぼりと掻いた。

「その国分親分の賭場ってのが、例のお光さんの親父の茂作が博打にはまったところですからね。なんで、こいつが、そんなことも分からず、よりによって、国分一家の賭場に出入りしているのか、あっしにはよく分からないんですがね」

「……すんまへん」

仙造は続けた。

「さっきお伝さんから聞いたんですが、お光さんがいなくなる前、店先を女の子が覗いていたそうですね。その子は、きっとお光さんの妹じゃねえかってね。妹がお光さんの様子を見に来たんじゃねえかってね」

「うむ」

「ええ。そいでこいつに質《ただ》したですよ。そうしたら、そうかもしんねえ、とこいつもいうんです。なんせ、お光の母親のお米さんは、村の家や土地から追い出され、いまでは神奈川宿の旅籠《はたご》で住み込みの飯炊き女をやっているらしいんですよ」

「いったい、どこの旅籠なの？」

おさきが脇から口を挟んだ。進之介も訊きたかったことだ。

「へえ。台町の旅籠の大野屋と聞いてます」

「あら、ここからあまり遠くないじゃないの。お光さんは、おっ母さんのところへ行ったのかもしれないわね」

おさきは顔をほころばせた。

神奈川宿は瀧之川に架かった瀧之橋を境にして、江戸寄りの神奈川町と、保土ヶ谷宿寄りの青木町の二町から成っている。

大野屋のある台町は青木町にある。

ちなみに、神奈川町には、新町、仲之町、猟師（漁師）町などの十三町があり、青木町には、瀧之町、宮之町、台下町、台町など十町がある。

神奈川町には、旅籠屋や土産店のほかに、海側に漁湊や漁師町があるので、魚問屋や乾物問屋なども店を連ねていた。

街道の山側には、参勤交代の大名たちの本陣宿とか、寺院仏閣や神社が並び、青木町より静かで落ち着いた町並になっていた。

一方、青木町の台下町に、樽回船や桧垣回船の船着き場があるので、街道筋には越後屋や宮田屋をはじめとする回船問屋があり、呉服商、織物商、生糸問屋などの大店も建ち並んでいた。ちなみに宮田屋は台下町商人街のほぼ中央にあった。

その台下町から、だんだら坂の街道を上がって行くと、崖上の見晴らしのいい高台になる。そこが台町である。

街道の海側の高台からは、霊峰富士が見え、美しい入り江の海や湊に出入りする船を眺めることができるので、旅人たちの観光名所になっていた。

その崖上の高台には、高級な茶屋の石崎楼をはじめ、普通の旅籠よりやや格の高い扇屋などの旅館が建っていた。

その一角のほかにも、街道筋には飯盛り女のいる旅籠や居酒屋、水茶屋がずらりと軒を並べて繁華街を作っていた。旅籠大野屋は、そうした繁華街にあるのだった。

直三が遠慮がちに口を開いた。

「みなさんに、おねげえがありやす。ここからは、あっしに任せていただけませんか」

「任せるって、どういうことだい？」

仙造が訝った。

「これはあっしとお光の二人の問題です。これ以上、他人《ひと》様にご迷惑をおかけしたくねえと思っているんです。あんまり、口出ししてほしくねえんです」

「直、おさきさんや進さんに、なんて口をきくんだ。お光さんがどんなに世話になったのか、おめえには分からねえのか」

「だから、これ以上は迷惑をおかけしたくねえ。済まねえです。ご心配をおかけして……」

直三は何度も頭を下げて詫びた。

「分かった。仙造さん、それでいいではないか。これは、確かにお光さんと直三さんの問題だ。これから、どうするかは直三さんに任せよう」

進之介は直三の気持ちを汲んでいった。

自分が直三の立場だったら、やはり、同じことをいうだろう。それでも、事がうまく運ばなかったら、その時にこそ、助けの手を出すほうがいい。

「へえ。分かりやした。そうしましょう」

　仙造は直三に向き直った。

「直、ありがてえじゃねえか。みなさん、おめえを立ててくれて。こっからは、おめえさんがやんねえとな」

「へえ」

「どうしても、まずいことになって、困ったら、あっしらに相談してくれ。進さんもおさきさんも、きっとおめえさんやお光さんのために骨を折ってくれるだろうよ」

「へえ。ありがとうごぜいやす」

　直三は腰を折り、ぺこぺこと頭を下げた。

「では、さっそく、お光の様子を見て来ますんで。これで」

　直三は腰を低めたまま後退りをして庭を出て行った。

「直、もし、お光さんがおっ母さんのところにもいなかったら、すぐに知らせに戻って来いよ」

「へえ。ありがとうござんす」

　直三は店先に出て、姿が見えなくなるまで、お辞儀を繰り返していた。

「あの野郎、見かけによらず、偏屈な野郎でねえ。他人の親切を親切だと思わねえ。進さんやおさきさんに申し訳ありません。おれに免じて野郎を勘弁してやってください」

「いいわよ。ともかくお光さんが見つかって、二人が一緒になれれば。そこから先、どうなるかは二人の気持ち次第だものね」

おさきは屈託のない笑みを浮かべた。

進之介はおさきにはいわなかったものの、先ほどから胸騒ぎがして仕方がなかった。

もし、お光の妹が店先を覗いていたとして、いったい、妹は誰から、ここにお光が匿われていると聞いたのだろうか？

もしかして、母親のお米が誰からかお光がここにいると聞き、妹を覗きに来させたのかもしれない。

いずれにせよ、いったい誰がお光がここにいると話したのだろうか？

直三が戻って来たのは、それから半刻ほど経ってからだった。

日はとっぷりと暮れ、行灯の仄かな明かりが離れの壁に、進之介たちの影を映していた。

おさきは腰を上げようとしていた進之介と仙造を、なにかと口実をつけては引き留めていた。

おさきも仙造も口には出さなかったが、胸騒ぎを覚えていた様子らしい。

「仙造兄貴い、てえへんだ」

直三は真っ青な顔をして離れの庭に転がり込んで来た。

「なんでえなんでえ、だらしがねえ。男がそんなにおたおたするんじゃねえや」

「へえ、……」

直三は全身から力が抜けたように、その場に坐り込んでしまった。

「いってえ、どうしたってんだい？」

「お米さんたち一家三人が、誰かに攫《さら》われてしまっていたんでさあ」

「なんだと？　で、お光さんは？」

「お光もいねえんです」

「え、どういうことなの？　お光さんは大野屋さんに戻っていなかったの？」

「へえ。……み、水を」

おさきは直三に水の入った湯飲み茶碗を渡した。直三は茶碗をあおるようにして水を飲んだ。

「どうしたというの？」

「お光が戻るも戻らないも、やくざ者が大野屋の裏店へ押しかけて、おっ母さんと二人の子を攫って行ったっていうんです」

「いつのことだ?」進之介は訊いた。

「昨夜遅くとのことでやす」

進之介はおさき、仙造と顔を見合わせた。

お米たち三人が攫われていたとすれば、今日の昼間、店を覗いていた女の子は、いったい誰だったというのか?

「直、落ち着いて、もうちょっと詳しく話してくんねえか?」

「へえ」

直三はしょんぼりしながら、話し出した。

直三が旅籠の大野屋にお米を訪ねたのは、泊まり客への夕飯を出すため、台所が最も忙しい最中だった。

台所の飯炊き女たちは、突然、お米が大野屋の裏店から誰にも告げずいなくなったので、てんてこ舞いをしていた。

女たちの話では、昨夜遅く、裏店のお米の家に何人かの男たちが押しかけ、嫌がるお米や二人の子どもたちを無理矢理引き立てるようにして、どこかへ連れて行ったというのだ。

お米の家は家捜しされたように荒らされ、荷物や蒲団が乱雑に放置されていた。

裏店の人たちは恐々《こわごわ》と引き戸から顔を覗かせていたが、普段町ではあまり見かけぬ男たちだったという。

男たちは、その乱暴な言葉使いから、やくざ者のようだったらしい。

「さっき、あんな大見得切っちまって、こんなことをいうのは恥ずかしいんですが、進さん、兄貴、おさきさん、どうか、お光やおっ母さんたち三人を見つけて、助けてやってください。お願いしますだ」

直三は、濡れ縁に泣き崩れた。

進之介はやはり胸騒ぎが当たったか、としばらく考え込んだ。

9

翌日から、仙造も直三も、進之介もおさきも、みんな、手分けして、お光やお米一家の行方捜しを開始した。

おさきは、まず番所に届け出るべきだ、といった。

進之介は、宿《しゅく》の役人たちがすぐに人捜しに乗り出してくれるとは思わなかったが、おさきの意見に同意した。

番所の役人たちが、お光の父親の茂作が殺された事件を、どのくらい調べているか知っておきたかったからだ。

「……というわけだ。吾助《ごすけ》さん、力を貸してくれないか」

「へえ」

吾助は進之介の頼みを、神妙な顔で聞いていた。

宮田屋の小番頭をしている吾助は、元吉原をはじめ、流れ着いた神奈川宿の岡場所で首代《くびだい》をしていた男だ。

おさきの許婚の兼吉《けんきち》が誘拐された時、進之介は吾助に加勢し、相手から兼吉を助け出して以来、互いに口には出さないが信頼する間柄になっている。

「分かりやした。茂作と馴染みになっていた遊女を捜すんですね」

「うむ。それから、もし、できれば、茂作を殺した下手人は誰なのか？　殺しを仕組んだ黒幕は誰なのか、調べてほしいのだ」

「いつまでに？」

「明晩か明後日までに。早いほどありがたい」

吾助は店の奥からおさきが現れるのを見ると、進之介に頭を下げた。

「では、これで」

「よろしく、頼みます」

進之介は上がり框から腰を上げた。

「お待ちどおさま」

おさきはお伝に見送られながら出て来た。

「行ってらっしゃいませ」

「では、ごめん」

進之介は大刀を袴の腰帯に差し込み、お伝に一礼した。

「お嬢さんをよろしくお願いしますよ」

「はい。おまかせください」

進之介はおさきの後ろについて、ゆったりとした足取りで、歩き出した。

外に出ると、朝早いこともあって、すでに早発ちの旅人たちが大勢、急ぎ足で街道を往来していた。

おさきは駒下駄の音を高らかにたてながら、急ぎ足で先を行く。

時折、進之介がちゃんとついて来るかどうかを確かめでもするかのように、ちらっと後ろを振り向き、進之介に笑顔を見せる。

夫婦や許婚の間柄だったら、男が先に立ち、女が三歩下がった後ろから行くのが普通である。

すれ違う人がちらっと振り返り、店先を掃除している人がふと箒を止めて、おさきと進之介を眺めている。

娘盛りのおさきが艶やかな振袖姿なのに対して、進之介が総髪の上に地味な茶袴に洗いざらしの地味な模様の小袖姿に草履履きなので、奇妙な若い二人連れとして目立ってしまうのだろう。

他人から見れば、きっとおれは宮田屋惣兵衛のお嬢さまをお守りする用心棒風情に見えるのだろうな、と進之介は苦笑した。

おさきは番所に案内するといって宮田屋を出て、湊船場《そうせんば》のほうへ歩き出した。

神奈川宿を取り締まる奉行所の出先機関である番所は、神奈川町と青木町、それぞれに一カ所ずつあった。

神奈川町の番所は、参勤交代の大名たちが泊まる本陣宿の近くにあり、町の治安を司《つかさど》るとともに、宿の入り口である北の開門番所も配下に置いていた。

青木町の番所は台町に置かれていて、神奈川宿の出口でもある南の開門番所を管理していた。

こちらも、旅籠屋や茶屋などが集中する繁華街の治安を司るとともに、回船問屋や両替店、商家などの商店街の治安も取り締まっていた。

さらに湊船場の見張り番所も管轄下においており、湊の出船入り船にも目を光らせていた。

湊の見張り番所は、運上所も兼ねていて、船から陸揚げされる積み荷や、船に積み込まれる荷の中に禁制品が混じっていないか、常時監視を行なっている海の関所でもあった。

「ここよ」

先に立って歩いていたおさきは振り返った。船着き場に通じる道の出入り口に、厳《いか》めしい門構えの番所が建っていた。

番所の張り番をしていた役人は、おさきの顔見知りらしく、笑顔でおさきと連れの進之介を迎えてくれた。

おさきが同心の服部《はっとり》の名を告げると、役人は愛想よく番所の中へ、二人を通した。

番所に入ってすぐの内所のような小部屋で、同心の服部はしかつめらしく正座して机に向かい、筆で何事かを帳簿に書き記していた。

「おう、おさきどのか。いま少し待ってもらうか。いま書き終えるからのう」

やがて服部は筆を置き、帳簿を閉じて、小者に手渡した。

「与力殿のところへ」

「へえ」

小者が頭を下げて出て行くと、服部はおさきと進之介に顔を向けた。

服部は馬面だった。しかも、顔一面にあばたができているのは、流行《はや》りの天然痘にかかってのことだろう。

服部は姿勢を正し、おさきに向き直った。

「服部さまは、とっくに、ご存じでしょうけど、こちらは進之介さまです」

おさきはあらためて紹介した。

進之介は名前を名乗り、挨拶をした。

同心は服部作兵衛《さくべえ》と名乗った。

「うむ。貴公のことは、貴公がまだ気を取り戻さぬころから何度も宮田屋に行っていたから、ようく存じておるぞ。まだ、離れに居候しているのか？」

「いいえ。いまは裏店に移り住んでおります」

「どうだね。まだ記憶は取り戻しておらぬのか？」

「はあ。名前などは分かったのですが、まだ、それがしが本当に何者なのかが分かっておらぬのです」

進之介は正直にいった。

お吟から聞いた、自分が薩摩藩士であったとか、脱藩したという話はまだすべてを信じることができなかった。

「ま、貴公も、あまり焦らず、じっくり思い出すのだな」

「はあ。そう思って、のんびり、焦らずに養生しております」

服部は部屋に控えていた中間《ちゅうげん》に、茶を用意するように命じ、おさきに向いた。

「ところで、おさきどの、今日はなんの御用の向きで来られたのかの？　ただ自身番に遊びに来たとは思えぬが」

「はい。実は、二つばかり御用の向きで、お願いがありまして」

「ほう」

「ひとつは、うちで匿っていたお光という娘さんを捜し出してほしいのです」

「ほほう。何者かに攫われたといわれるのか？」

「まず、十中八九、そうではないかと」

進之介はおさきに代わって、これまでのいきさつを包みかくさずに話をした。

話が終わると、服部は馬面の長い顎を手で撫でた。

「ふーむ。もしかして、吾妻屋清兵衛がからんでおるというのか。これは厄介だのう」

服部は腕組みをして、渋い顔をした。

おさきが単刀直入に訊いた。

「服部さまは、お光さんに通師（通訳）ヒュースケンの動向を探るように命じた幕府役人、長澤主水之介《ながさわもんど》《のすけ》という方についてはご存じですか？」

「長澤主水之介殿か、うむ、存じておる。それがしも、一度、奉行所でお目にかかったことがある」

「どのような方ですかの」

「老中・堀田正弘《ほったまさひろ》様から全権を預けられた下田奉行・井上清直《いのうえきよなお》様や目付・岩瀬忠震《いわせただなり》様の下で働いている隠密与力の一人だ。ただの与力ではない」

「隠密与力ですと？」

「普通の与力は奉行所で書類を書くのが主な仕事だ。あとは配下の同心にあれこれ命令を出してやらせる。隠密与力は番所などには居らず、お奉行や目付の直命を受けて動いている」

「どのような直命でござるかの？」

「ははは。直命だからのう。受けた本人ならともかく、それがしたちには分からぬ」

「それはそうですな」進之介は失笑した。

「今年の夏から、下田奉行の井上様や目付の岩瀬様は幕府の全権大使として、アメリカ総領事タウンゼント・ハリスと和親条約を結ぶために交渉を重ねておられる。ヒュースケンは、そのハリスの通師として、さらに補佐役として重要な人物だ。おぬしたちの話からすると、おそらく長澤殿は、そのヒュースケンに女をあてがって籠絡《ろうらく》し、交渉を我がほうに有利に運ぼうとしておるのではなかろうかの」

「なるほど。それで話が見えてきました」

「ほんと。お光さんは人身御供にされようとしていたのね」

おさきは怒りを抑えていった。

中間が静々と茶を入れた湯飲み茶碗をお盆に載せて運んで来た。

服部はおさきと進之介に茶を勧め、自分でも茶碗を両手で持って口に運んだ。

「ところで、この番所には、勝蔵なる十手持ちがいますか?」

「勝蔵? うむ。それがしが知るかぎり、勝蔵という小者は番所にはおらぬな」

「いない? しかし、確かにその岡っ引きは十手を持っておりましたが」

「十手を持てるのは、同心の奉公人である小者だけだ。岡っ引きや御用聞きが十手を持つのは禁止されておる」

「では、勝蔵は番所の役人ではなく、役人を装った偽役人ですかな？」

「その勝蔵は、どこかの木戸番屋の番太郎ではないかの？　番太郎なら十手を持っていておかしくない」

「番太郎？」

「うむ。あるいは番太ともいう。木戸番は、町の自身番と同様、町内の木戸を守る役目だから、護身用に十手を持ってもいいことになっている。だが、番所の役人ではないので、一切扶持《ふち》や給金は出ない。だから、自分の食い扶持は、自分で稼がねばならぬ。町の用心棒みたいなものだな」

「あの勝蔵は十手をちらつかせて、いかにも御用の筋のように見せていたが」

「十手をちらつかせて御用の筋であるようなことをしていたら、すぐに番所に通報してくれ。わしが出て行って、そいつの首根っ子を捕まえ、十手を取り上げてやる。きっと、その勝蔵とやらも小遣い稼ぎに、そんなことをしているんだろう」

「なるほど」

進之介は勝蔵が誰に雇われて、お光を捕まえようとしているのだろうか、と思った。

「もうひとつの御用の向きですが」

おさきが茶を飲みながらいった。

「おう、なんだね」

「そのお光さんのお父さまが、何者かに殺された件です。服部さまは、その事件のこと、お調べになりましたか？」

「うむ。道端に死体があるという届けがあったので、その日、当番だったそれがしが、最初に現場に駆けつけたのだ。その後の事件の吟味は別の上司が預かったから、それがしの手は離れたがの」

進之介が膝を乗り出した。

「では、貴殿が直接に遺体をお調べになられたのですね？」

「いかにも。それがしが見た。茂作は、右肩から背中にかけて、ばっさりと斜め袈裟懸けに斬られておった。おそらく逃げようとしたところを、後ろから一刀のもとに斬られたのだろうの」

「下手人は侍でござるな」

「うむ。間違いなく武家だ。それも相当の手練《てだれ》だ。あれでは即死だったろう」

「遺体があった場所は？」

「台町へ上っていく街道のちょうど台下町の町並がいったん切れるあたりだ。おさきさん、おぬしなら分かるだろう？　そこに小さな川があり橋が架かっている。その橋の袂に生えた柳の根元に遺体があった」

「ええ。分かります。子どものころ、そのあたりまで遊びに行きましたから」

「茂作は橋を渡って、台町のほうへ行こうとしていた。そこへ下手人は橋の袂から現れて、行く手に立ち塞がった。追剝《おいはぎ》と見て、茂作は咄嗟《とっさ》に踵を返し、台下町のほうへ逃げようとした。そこで茂作は後ろからばっさりと斬られたのだろうな」

「何か斬り傷に特徴はなかったですか？」

　服部は同心として、長年、大勢の死人《しびと》を調べてきたはずだ。何か斬り傷に変わったところがあるのを見ていないか、と進之介は思った。

　服部は腕組みをし、天井を見上げた。

「うーむ。そういえば、あの斬り口は、以前に見たことがあるな。下手人は腰をゆっくり落としながら、体重を乗せて大刀を振り下ろし、肩口から腰の骨まで一気に深々と斬り下げている。そうしなければ、できない斬り口だ。あれは、おそらく居合《いあい》による傷だと思うが」

「居合ですか？」

「わしの見立てが間違っていなければの話だぞ」

服部はにやっと笑った。

進之介は観察眼からして、服部が並の同心ではなく、どこかの道場で免許を受けたような剣客なのではないか、と思った。

「下手人については誰だったのか、お調べがついたのでしょうか？」

「まだ下手人は分かっておらぬはずだ。分かれば、それがしも噂が聞こえてくるだろうからの」

「茂作は、懐に二百両もの大金を持っていたと聞きました。それが狙われたのですかね？」

「二百両といえば、切り餅四個だ。そんな金子の切り餅をばらで、懐に入れていたら、ずっしりと重過ぎて、着物の襟の間から転がり出かねない。切り餅を袂に入れたら、袂が重く垂れ下がり、ぶらぶらして歩きづらいだろう。おそらく袋か風呂敷に包んで、腕で抱えて行ったのではないかの？　それを強奪されたのかもしれない」

「その金子の行方は、分かっていないのでしょうかね」

「このところ、旅籠やお茶屋で大盤振舞いをしている大尽は見かけないんでね。金子の行方も分からないのう」

小者が廊下に膝をついて、

「親方さま、与力様が」

といった。

「うむ。ただいま参上いたします、と申し上げてくれ」

「はい。そのようにお伝えします」

小者は頭を下げ、奥へ出て行った。

服部は、進之介とおさきを等分に見た。

「少しはお役に立ったかのう」

おさきは大きくうなずいた。

「はい、十分に。ぜひ、先ほどお願いしたこともよろしう」

「分かった。配下の者たちに、お光さんの行方を捜索するよう指示しておこう」

「ありがとうございました。これで、少しまた話が見えてきたように思います」

進之介も服部に礼をいい、頭を下げた。

「では、ご免」

服部はおさきと進之介にちょこんとお辞儀をしてから、奥へと出て行った。

10

吾助から連絡があったのは、翌日の夕方であった。

台町の居酒屋「どんべえ」にお越しください、という内容だった。

「どんべえ」は、以前吾助と一緒に寄ったことのある、台町の路地裏にある店だ。あたりが暗くなっていた。店先の掛け行灯がぼんやりと店の縄暖簾《なわのれん》を浮かばせていた。

少し早めだったが、進之介が縄暖簾を分けて店に入ると、主人の爺さんは進之介を覚えていたらしく、いらっしゃいと小声で挨拶した。

店内は薄暗く、顔もはっきりと見えなかった。

すでに吾助と話がついているらしく、婆さんは手燭を掲げて、奥の小部屋に通してくれた。

先客の男たち数人がいたが、進之介には目もくれず、大声で雇主が吝嗇《けち》だの、そのくせ、囲った妾には湯水のように金を遣っているのと、悪口を並べて気炎を上げていた。

進之介は大刀と小刀を腰から抜いて、板の壁に立てかけた。

奥の小部屋の窓は板戸を上げて開けてあった。

窓から崖下を覗くと、闇の中で白い波が打ち寄せ、岩を食《は》んでいるのが見えた。潮風が吹き上げてきて、肌寒いくらいだった。

囲炉裏には炭火が赤く燃えていた。五徳《ごとく》には鉄の銚子がかかっていた。

爺さんが二人分のぐい飲みと、焼いたひこいわしをお盆に載せて運んで来た。

爺さんは五徳から鉄の銚子の弦を手拭いで包んで脇に下ろした。何もいわずに、進之介のぐい飲みに燗酒を注いだ。

「どうぞ、ごゆっくり」

爺さんは、それから調理場のほうへ引き上げて行った。

昨日から今日にかけて、茂作が殺された場所を見たり、旅籠大野屋の裏店を訪ねて、お米たちを連れて行った男たちの風体などを訊いて回ったが、めぼしい収穫はなかった。

唯一、あったといえば男たちの中に、勝蔵らしい十手持ちがいたということぐらいだろう。

仙造と直三からの連絡もない。きっと彼らも足を棒にして、お光やお米たちを探しているのに違いない。

「いらっしゃい」

　爺さんと婆さんの声が店先から聞こえた。

　ぼそぼそと爺さんと交わす話し声がし、やがて、のっそりと痩せた軀付きの影が小部屋に入って来た。

　吾助だった。

「お待たせしやした。済まねえ。遅れてしまって」

「いや、みどもが、少し早めに来てしまった。以前、ここへ来たことがあるとはいえ、うろ覚えだったのでね」

　吾助は着物の裾をぱんと威勢よく叩いて、向かい側に坐った。

　進之介はぐい飲みを吾助に渡した。

「まずは一杯」

　鉄の銚子の弦を取り、吾助のぐい飲みに酒を注いだ。吾助はうまそうに喉を鳴らして飲み干した。

「駆けつけ、三杯」

　進之介は吾助の空《から》になったぐい飲みに、また酒を注いだ。

「いやいや、すぐに酔っ払ってしまうんで」

吾助は手を振って止め、反対に進之介のぐい飲みに銚子の酒を注いだ。

「お光さんの居所が分かりやした」

「どこにいると？」

「国分親分が女房に女将《おかみ》をさせている女郎屋宿がありやす。お光さんやお米さんは、その旅籠の座敷牢に閉じ込められている」

「お光さんの妹と弟は？」

「その二人は寝る時だけ、お米さんたちに返すそうです。昼間は親子別々にしておき、もし、お光さんたちが逃げようとしたら、二人の子どもの命はない、と脅しているらしい」

「そうか。国分はお米さんを抑えておいて、同じように、妹を使ってお光さんをおびき出したということか」

「そういうことでしょう」

「しかし、どうして、国分はお光さんが宮田屋に匿われているのを知ったのかな？」

「お光さんが旅籠大野屋にいる母親に自分は無事で、宮田屋にいるから安心しろ、と知らせたんで。そこで国分は母親を捕え、娘の居所を教えなかったら、二人の子を殺すと脅した。それで居場所が知れた」

なるほど、と進之介は思った。お光本人から居場所が洩れていたとは思わなかった。

吾助は隣の声高に話す酔っ払いたちにちらりと目をやったあとで小声でいった。

「いろいろ話が分かりやした」

「ありがたい。聞かせてほしい」

「まず、茂作を襲った下手人は女の情人《いろ》の浪人でした」

「女の情人?」

「うむ。茂作が入れ揚げた遊女は霞《かすみ》という芸妓だと分かりやした。その霞には別に情人がいた。そいつの名は高畠鬼麓《たかはたきろく》という浪人です」

「強そうな名前だな」

「やつはいまはそう名乗っているが、本名は高橋京之介《たかはしきようのすけ》。元御家人の三男坊です。部屋住みの居候のくせして、金をくすねては廓通いをしたらしい。遊びが過ぎて、親からとうとう勘当されてしまった。それで本名も捨て鬼麓と名乗るようになったとのこと」

「なるほど。同心の服部さんから聞いた。茂作を斬ったやつは凄腕の侍だと」

「鬼麓は不伝流の遣い手で、皆伝を受けている。鬼麓は女にはだらしないが、剣にかけては滅法《めっぽう》強いらしい。それで幕府のある要人が鬼麓に目をかけ、殺し屋兼用心棒として雇ったらしいんで」

「殺し屋兼用心棒だと？」

「必要であれば敵対派の要人や攘夷派の志士を殺し、自分を襲ってくる刺客に対しては防がせる。正式の雇人ではないから、不必要となったら、使い捨てにしやす」

「その幕府要人とは誰だ？」

「名前は分からぬが、裏大目付とのことです」

「裏大目付？」

「老中の下に幕政を監察し、大名などを監視する大目付がいます。直参《じきさん》旗本の大身《たいしん》から選ばれるのだが、これは表の役です。裏大目付は老中ら幕閣の何人かしか知らない秘密の人物が選ばれる。その役目は密かに公儀隠密や殺し屋を遣って、表の大目付ができないような汚い仕事をする。裏の仕事人です」

「鬼麓は、その裏大目付の配下なのか？」

「そうらしい。このところは、隠れ与力の長澤が鬼麓を預かり、用心棒に使っている。だから、鬼麓は天下御免。なんでもやり放題《あや》だ。何をしてもお咎めなしだからな。だが、それをいいことに鬼麓は平気で人を殺めるような悪行を重ねている。やつは人を斬るのがまったく平気だ。むしろ楽しみにしているらしい」

「お光の父・茂作は、その鬼麓の犠牲者なのか」

「そうでやす」

「許せぬ」

「気をつけたらいい、鬼麓は流れ星という秘剣を遣います」

「秘剣流れ星？　どのような剣法かの？」

「一閃流れる星のごとし。鬼麓は酔うと、女たちにそう自慢するそうだ。女たちに乞《こ》われて、一度座興に座敷で秘剣を披露したらしい」

「どんな具合だったと？」

「女たちの話だから正確ではないが、いきなり畳を返して立てかけたとみるや、抜き打ちでばっさりと畳を真っ二つに斬り下ろしたそうで。あまりの早業に蠟燭の炎も揺れなかった。抜いた刀が蠟燭の明かりを反射して、きらっときらめいたが、その時には鞘に納まっていたとのことです」

「居合のようだの？」

「不伝流は居合の流派ではありません。しかし、鬼麓は居合にも似た秘剣を編み出したらしいのです」

秘剣流れ星か。

進之介は目を細めた。同心の服部がいっていた茂作の斬り傷は、おそらく鬼麓が秘剣を遣ってのことに違いない。

婆さんが酒がたっぷり入った、新しいお銚子を持って来た。肴の冷奴の入った器も運ばれて来た。

「なぜ、鬼麓は茂作を殺したというのだ？　その霞という芸妓も鬼麓とぐるだったのか？」

「それが違うようで。霞は茂作から絞り取れるだけ絞り取ろうとしていた。惚れた弱みにつけこんでね。霞にとって大事な金蔓だった。だから、茂作が殺されたら大損になる。しかも、霞は茂作がその夜、二百両を持って、身請けしにやって来るとはまったく知らなかった」

「では、鬼麓は誰から茂作が二百両を持っているということを聞いたのか……」

進之介はいいながら、途中でからくりを察知した。

「吾妻屋清兵衛か？　あるいは隠密与力の長澤主水之介か？」

「早まらないでくだせえ。鬼麓に茂作の殺しを持ちかけたのは、やくざの国分親分です」

「なんだって？」

「国分は吾妻屋清兵衛たちが茂作に、お光の妾奉公の支度金として二百両を渡したのを知り、霞の情人である鬼麓を焚き付けて茂作を斬らせた。横取りした二百両を鬼麓と山分けした」

「吾妻屋清兵衛たちは、そうなるのを知っていたのか？」

「吾妻屋清兵衛の肩を持つわけではないが、彼らはまさか、国分がそんな横取りをするとは知らなかったはずです」

「なぜ、国分は、そんなあくどいことをする？」

「それには前段になる理由があるんで。おおい、爺さん、お銚子を持って来てくれ」

吾助は、ぐい飲みをあおり、酒で喉を潤してから話し出した。

進之介は吾助の話に引き込まれていった。初めて、お光の妾奉公をめぐって仕組まれた物語をはっきりと見る思いがした。

「そうしたからくりの証拠もあると分かりやした」

「証拠というと？」

「国分親分と吾妻屋清兵衛が取り交わした証文の数々です。国分は、その証文があるから、安心なんだ。進さん、その証文を手に入れたら、どうなると思う？」

吾助はにやっと笑った。

11

翌日の昼過ぎ、進之介は直三一人を連れて、吾妻屋清兵衛の大店に乗り込んだ。大音声《だいおんじょう》で、訪《おとな》いを入れ、名前を名乗った。ついで、ぜひ、ご主人にお目にかかりたい、と店の奥まで届く声で怒鳴った。

番頭や手代たちは落ち着かない様子で店内を右往左往した。

やがて、店の奥から着流し姿の素浪人を従えた主人の吾妻屋清兵衛が愛想笑いを浮かべながら姿を現した。

吾妻屋清兵衛は上がり框の板の間に正座し、進之介に応対した。

「どのようなご用件で、お越しになられたのでしょうか？」

「ご主人も、あこぎな商売をされておるな。店先でこれまでのあくどい儲け方の顛末《てんまつ》を、洗いざらい、お話ししようかの」

「脅しですかな？　脅しに乗るような吾妻屋清兵衛ではありませんぞ」

「脅しと取ろうが、なんだろうが、それはそちらの勝手だ。まず横浜村の移転の際、やくざの国分親分に金を渡して、将来の幕府買い上げ地の大半を、事前に地上げさせておき、何度も転売して値段を吊り上げた上で、幕府に買い取らせて何万両にもなる莫大な金を手に入れた」

進之介は大声で店に来ている客たちにも聞こえるように怒鳴った。

「それだけでなく、二束三文の荒れた未開墾地である沼沢地を、地元百姓を使ってあたかも開墾した新田に仕立て上げ、それを幕府に高く買い上げさせた。そこでも何千両もの利鞘を稼いだそうだな」

「滅相《めっそう》もない。なんの証拠もないのに、そんな言いがかりをつけて、吾妻屋清兵衛の暖簾を汚そうとしても無駄ですぞ。すぐに引き上げなさい。でないと」

吾妻屋清兵衛は、ちらりと浪人者に目をやった。

浪人は、それまで廊下の襖に寄りかかるようにして立っていたが、ずいっと前に出た。

正面から見た浪人は、背が高く痩身で、一見貧弱な軀付きに見えた。

だが、それは見かけだけで、着流しにした着物の下には、贅肉を極端なまでに削《そ》ぎ落とした筋肉質の肉体が隠れているのが、進之介には分かった。

異様に全身から放出される殺気が、びりびりと進之介に襲いかかってくる。

できる。

こやつが、あの高畠鬼麓に違いないと進之介は確信した。見るからに異形《いぎょう》だった。

顔も両頬がこけ、目が極端に細く、切れ長だった。

月代は毛がぼうぼうと立ち、手入れがまるでされていない。着物もあちらこちらが薄汚れているが、本人はそのようなことには一切関心がない様子だった。

「証拠はあるぞ！　ここに、吾妻屋清兵衛と国分親分が、地上げをするにあたって、交わした証文がある」

進之介は、昨夜吾助が国分親分の家に忍び込み、蔵の長持から盗み出した分厚い証文の束をひらひらさせた。

「これを畏《おそ》れながらと奉行所に届けたら、吾妻屋清兵衛、いくら幕府大目付の後ろ楯があっても、幕府を騙し、詐欺にかけた重罪は免れぬぞ。両替商の大店は、いずれもお取り潰し、財産は没収される。吾妻屋清兵衛は獄門晒し首、軽くても遠島を申しつけられるのは必定だ。それでも、いいというのか？」

進之介は、証文の一部を、吾妻屋清兵衛に放り投げた。

吾妻屋清兵衛は、証文を受け取り、ちらりと目を通した。

その間に、浪人は刀の鯉口を切り、土間に下りた。

進之介もまた、大刀の鯉口を切り、浪人の抜き打ちに備えた。猛烈な殺気が押し寄せてくる。

「進之介様、お待ちください。奥でお話いたしましょう。鬼麓殿、引いてください」

吾妻屋清兵衛は、鬼麓に命令した。

鬼麓は、ふっと頰を歪ませ、冷ややかな笑みを浮かべると、柄から手を離し、くるりと踵を返して、すたすたと奥へ歩み去った。

進之介はほっと力が抜けた。

「さ、どうぞ、奥の間に」

硬直して、事態がどうなるのか、と窺っていた直三も、やっと軀を動かして、進之介のあとに続いた。

進之介は丁稚《でっち》が運んで来た桶で足を洗いながら、ちらりと店内に目を走らせた。

客になりすましたおさきが番頭と何事かを話している。その傍らには小番頭の吾助が澄ました顔で控えていた。

おさきと吾助の後ろには、用心棒よろしく大原一真が懐手をし、何食わぬ顔で店を見回していた。

吾助がさりげなく進之介と目を合わせると、うなずいた。進之介も目顔でうなずき返した。

傍らの直三も足を洗い終わり、雑巾で足を拭っている。

「さ、こちらへ」

吾妻屋清兵衛は平静を装いながら、手で廊下の奥へと促した。

いつの間にか、吾妻屋清兵衛の背後に寄り添うようにして、大番頭らしい大柄な男が廊下に正座して控えていた。

進之介と直三が案内されたところは、庭の見える座敷だった。廊下はまだ奥に続いており、四つや五つは部屋がありそうだった。襖をすべてぶちぬけば、六十畳ほどもある大広間になる。

奥へ行ったはずの鬼麓の姿は見当たらなかった。人の気配もない。

庭も広く、苔生《こけむ》した岩が池のほとりを取り巻いている。松の木が盆栽のように枝を不自然にねじ曲げられた格好で池に張り出している。

進之介は静かに歩を進めた。いつでも抜き打ちに対せるよう、大刀を左手に持つ。

進之介は床の間を背にした上席に案内された。直三は進之介の右手に坐る。進之介は大刀を左手の側に置いた。

進之介に向かい合わせて、吾妻屋清兵衛が着席し、清兵衛のやや後ろに、先の大番頭が正座した。

「だいぶ、ご用心なされておられるご様子ですな」

吾妻屋清兵衛は進之介が大刀を左側に置いたのを見ていった。

「先ほどの御仁の様子を見ると、用心をせずにはおられまい」

「ご安心ください。ここなら、邪魔が入りませぬ。では、先ほどのお話の続きをお聞かせ願えませんかな」

「よかろう。横浜村の移転にあたり、茂作所有の土地、田畑、新規開墾した田地、あるいは未開墾地の売買について、不審がある」

「どのような、ご不審でしょうか?」

「この証文によると、国分は茂作の土地の買い上げに、二十両ほどの金額しか払っていない。国分はおぬしからの地上げの依頼なのに、えらく買い叩いておる」

「…………」

吾妻屋清兵衛はキセル箱を引き寄せ、キセルに莨《たばこ》を詰めはじめた。大番頭が火種を用意した。

「その後、茂作の土地は、十人の間で次々転売され、おぬしが買い上げた際には、二百両ほどにも吊り上がっている」

「なかには、そうやって土地売買で利鞘を稼ぐ商売もあるのです」

「その十人のうちの十人が、国分の息がかかった者とか、おたくと取り引きのある人ばかりだ。しかも驚いたことに、茂作が別の名義人を立てて買い戻したりしている」

「ほほう。そんなこともありましたか。で、ご不審のこととはなんでしょう？」

　吾妻屋清兵衛はキセルをすぱすぱと吹かしはじめた。

「そのころ、茂作は国分親分の賭場で、借金に借金を重ね、にっちもさっちもいっておらぬ時だった。それなのに、茂作は自分の土地を買い戻したり、ほかの人の土地転がしにも金を出している。変ではないかの？」

「…………」

「それがしたちが調べたところ、茂作は国分親分に五百両近くも借金を背負わされていた」

　進之介はそれがしたちといって、調べているのは自分一人だけではなく、ほかにも仲間がいるということを匂わせた。

「丁半賭博で損した金では、あまり同情できませんなあ」

「その通り。自業自得だからの。でも、それが国分親分とおぬしが結託して、八百長賭博で茂作に背負わせた借金だとしたら、どうかのう」

「それを示す証拠がありますかな?」

吾妻屋清兵衛はキセルの首を火鉢の五徳にぽんと当て、莨の吸い殻を落とした。

「では、さっきの証文を返して貰おうか」

「…………」

吾妻屋清兵衛は大番頭を振り向いた。

大番頭は頭を左右に動かした。店先で進之介が放った証文をしっかりと手に押さえていた。

「その証文は、おぬしと国分親分が取り交わした金子のやりとりが記されたものだ。そうだの? 番頭さん」

大番頭は何も答えず黙っていた。

「しかし、なんのために、私が国分親分とつるんで茂作さんに、そんな五百両もの借金をさせる必要があるというのです?」

「それは、おぬしが自分の胸によう聞けばいいのではないか」

「…………」

吾妻屋清兵衛はまたキセルの莨を吸いはじめた。

「忘れているのなら、それがしがいおう。茂作には横浜村一番の器量よしの娘がいた。

おぬしは、その娘をハリスの通師ヒュースケンの妾に送り込み、いずれ開港したら、取り引きがはじまるアメリカとの太い絆を作っておきたい。だが、茂作も普通の父親だ。自分の娘を異人さんへ妾奉公させるには二の足を踏んだ」

「…………」

「異人さんへの妾奉公を無理矢理茂作に承諾させるには、国分親分に手を回して、茂作の借金を早く返済するように締め上げればいい。そこで国分親分は茂作に金を返せないなら、娘を女郎屋に売り飛ばせと迫った」

「…………」

「困った茂作に、今度はおぬしが助け船を出した。ほんとうは助け船なんかではなく、おぬしがはじめから仕掛けた張本人だったのだがのう。ともあれ、茂作は藁をも摑む思いでおぬしにすがらざるを得なかった。おぬしが国分親分への五百両の借金を肩代わりする、二百両の支度金を用意するという条件で、茂作に娘を妾奉公へ出すのを承諾させた」

「…………」

吾妻屋清兵衛は黙ったまま莨を吸っていた。

「そうそう、その支度金二百両には、娘にハリス、ヒュースケンの間のやりとりを幕府に通報する役目も負わせるという約束の金も含まれてあったの。

いずれにせよ、国分はその見返りとして、おぬしから別途、百両を受け取る約束になっていた。そんなからくりを裏づける証文がそれだよな、番頭さん」

「…………」大番頭は困った顔になった。

「この証文、いくらでお売りになりたいのです？」

「吾妻屋清兵衛、それがし、いくら食いつめても、そこまで身は落としておらん。それにほかの証文もあるのでの」

進之介はこれみよがしに、手元にある証文の束をとんとんと手で叩いた。

「ほう、それはなんの証文なのです？」

吾妻屋清兵衛はじろっと証文の束に目をやった。

「新田だよ。吉田新田の売買をめぐる証文だよ」

「……それが、うちにどんな関係があるというのです？」

吾妻屋清兵衛は怪訝な顔をした。

「しらばっくれても困るな。幕府が肝煎りで造ろうとしている出島の中の港崎廓の土地だよ。未開墾地の沼沢をあたかも開墾地である新田であるかのように幕府に報告し、幕府に高く売りつけた。

それればかりではない。幕府に廓をそこに造ればいい、と入れ知恵したのも、実は吾妻屋ではなかったのかね」

「滅相もないことです」

「ほう。廓を造る場合、周囲は川や掘割で囲むのが常識だそうだが、沼沢地だったら、その手間もはぶける。その沼沢地を新田同様の高い値段で幕府に買わせるには、実際にそこを田圃として使っている百姓がいなければならない。そこで登場するのが、借金漬けになって、なんでもいいなりになる可哀想な百姓だ。茂作という名前のな」

「…………」

「知らぬうちにただ同然の沼沢が新田とされ、しかも何度も人から人へ転売されて、いつの間にか新田の名までつけられ、最後にその新田の持ち主に仕立てられたのが茂作だ。それも本人が知らぬ間にのう。その新田の土地売買のやりとりを裏づけるのがこの証文だ」

「しかし、私どもの名は、そこに出てくるのですかな？」

「いや、出てこない」

「だったら、うちは……」

「関係ない、というのかな。だが、この証文には、国分親分が茂作の代理人として土地を幕府に売って大金を得ていることが示されている。しかし国分親分は、その土地代金を日をずらして、別の名目で吾妻屋にそっくり渡している」

「それだけでは、なんの問題もないでしょうな。うちは、通常の取り引きをしているだけですから」

「だが、もし、国分親分がお上の御用になり、いまの話をお上に包み隠さず話したら、どうなるかの。しかも、この証文つきでの」

「…………」

吾妻屋清兵衛は大番頭と顔を見合わせた。

「そうそう、いうのを忘れていたが、いまごろ、番所の役人たちが、国分親分を召し捕りに国分の旅籠へ出向いているころだ。

容疑は賭博と横浜村の土地売買をめぐって、幕府を詐欺にかけたのではないか、ということ。だが、その手入れの際にだ、役人たちが座敷牢に入れられた茂作の女房や子どもたちを見つけたら、どうなるかのう」

嘘ではなかった。このところ、国分親分の許《もと》で賭博が頻繁に開帳されていたので、奉行所は黙認できず、取り締まりに乗り出したのだ。土地売買をめぐる不正については、捜索目的にはなっていなかったが、進之介がお米たちが監禁されていることを同心の服部に伝えてあるので、それを端緒に捜査は拡がるかもしれなかった。

吾妻屋清兵衛の顔が青ざめた。清兵衛は何事かを大番頭に耳打ちした。

大番頭は頭を下げ、そそくさと部屋を出て行った。

「そこでだ、吾妻屋。ここからは、お互い、駆け引きなしに、ざっくばらんに取り引きしないか」

「どのようなことでしょうか？」

「お光どのを、この直三の許に返してはくれまいか？」

「…………」

「お光どのが国分親分の旅籠からこちらの店に移されたのは、先刻承知している。それがしの手下が見張っていたのでな。奥の部屋にいるのだろう？」

「後生《ごしょう》だから、お光を返してくれ。お願いだ、吾妻屋さん」

突然、直三が吾妻屋清兵衛の前に両手をついて頭を下げた。

「もし、お光どのをすんなり返してくれれば、こちらもすべて丸く納めよう」

「と、申しますと」

「ここにある証文は、すべて置いていく。あとは焼こうが捨てようが、それがしたちは関係ない。それから、これまでのこと、すべて不問に付す。それがしも二度と、おぬしたちのやってきたことに口出しはしない」

　吾妻屋清兵衛は腕組みをして、しばし考え込んだ。

「分かりました。お光さんをお返ししましょう」

「ありがとうございやす。ありがとうございやす」

　直三が何度も吾妻屋清兵衛に頭を下げた。

「そうそう、お光どのを返して貰うにあたって、茂作の借金五百両もなし、すべてちゃらということにしてくれぬかの」

「分かりました。五百両の借用書もお渡しします。それですべてなし、ということに。その代わり、これまでのこと、いっさい口外無用にしていただけませんか」

「分かった。いいだろう。直三さん、おぬしも異存ないな」

「は、はい。まったく異存はないです」

　直三は涙を袖で拭った。

　吾妻屋清兵衛は手を叩いて、店の者を呼んだ。

　先刻の大番頭があわただしく戻って来た。

　吾妻屋清兵衛は大番頭に耳打ちした。大番頭はうなずき、また廊下に出て行った。

　やがて廊下の奥の部屋のほうから何人もの足音が響いて来た。足音は障子戸の前に来て止まった。

「連れて来ました」

勝蔵の濁声が聞こえた。

「入ってくれ」

障子戸が静かに開いた。

廊下に、やつれた顔のお光が坐っていた。

お光の後ろに勝蔵と配下のシゲ、ハチたちの悪相が控えていた。

「お光！」

「直三さん！」

お光と直三は双方から膝を寄せ合い、その場で抱き合った。

シゲとハチが二人を引き離そうとした。

「待て。お光さんは返すことで話はついた。おまえたちも、今後、いっさいこの二人に手を出すな」

吾妻屋清兵衛が鋭い声で命じた。

「へい。だがよ、ほんとにいいんですかい？」

勝蔵が怪訝な顔をした。吾妻屋清兵衛はうなずいた。

「いいんだ。これまでのことは、いっさいなしだ。おまえたちも、そう心得ておきなさい」

12

お光と直三が店先に出て行った途端、おさきがお光に駆け寄った。
「お光さん、よかった。無事だったのねえ」
おさきは、お光と抱き合って喜んだ。
「これも、おさきさんやみなさんのおかげです。ありがとう」
お光はおさき、進之介にぺこぺこと頭を下げた。
直三もしきりに頭を下げ、袖で涙を拭いている。
吾助が表から二台の駕籠を呼んで来た。
お光とおさきは駕籠に乗り込んだ。
二台の駕籠は吾助と直三に付き添われて、店先から離れて行った。
進之介は店を出る時、ちらりと後ろを振り向いた。鋭い視線を襟足に感じていた。
目が合った吾妻屋清兵衛は腰を折ってお辞儀をした。大番頭も一緒に頭を下げている。

進之介も一礼して挨拶を返した。

店の隅で勝蔵とハチとシゲの三人が苦々《にがにが》しい顔で、進之介を睨んでいた。

見回したが、あの鬼麓の姿はなかった。

しかし、どこかであやつは見ているはずだった。

街道をゆっくりと台下町へ向かって歩きはじめた。

吾妻屋清兵衛の店は、神奈川町の十番町にある。街道を挟んで向かい側は東光寺の門がある。

九番町を通り抜け、西之町に入ったところで、案の定、ひたひたと誰かがつけてくる気配を感じた。

一人？　いや、二人か？

通行人や旅人に混じり、相前後してつけてくる気配だ。

太陽はだいぶ西に傾き、街道は黄昏《たそがれ》に覆われはじめていた。海岸沿いに立ち並ぶ松の並木が向かい側の商家の店先まで影を伸ばしていた。

進之介は西之町で、右側の商店街がいったん切れる路地へ折れた。

路地は墓地の間を抜け、その先で慶雲寺の裏門につながっている。途中、左手には慶雲寺の土塀が連なっており、右手は小川と雑草の生えた空き地、田畑が続いていた。

やはり、二つの人影が路地に折れて入って来た。そのあとから、少し間隔を空けて、もうひとつの影が見えた。

路地は暮色に染まって薄暗くなっていた。

進之介はゆっくりと慶雲寺の裏手の雑木林に歩を進めた。人気《ひとけ》はまったくない。林の上をはばたいて過《よぎ》るカラスの群れの鳴き声が聞こえるだけだ。

人気がなくなるのを待っていたように、二人の影が迫って来た。足音も消し、滑るような身のこなしだ。

進之介は二人に背を向けたまま、大刀の鯉口を切った。右手を柄にかけ、振り向くと同時に、二つの影が無言で進之介に殺到した。

長身の影が上から、もうひとつの影が軀を沈め、下から匕首を構えて迫った。

進之介は抜き打ちで、上から襲ってきた影の匕首を払い上げた。同時に匕首をかざして下から体当たりをかけて来た影の足を思いきり蹴り払った。

足を払われた影は草むらに突っ込んで転がった。長身の影は身を翻し、匕首を進之介の喉元に振るった。

進之介は一瞬軀を反らして退いた。匕首が空を切った。

前に転がった男は瞬時に身を起こし、すぐに匕首をきらめかせて進之介に突進した。連携するように長身の男も襲って来た。長身の影は匕首を両手に持ち、自分の軀に柄を押し当てて体当たりをかける。

二人は声を掛け合うこともなく、無言のまま、まるで一体であるかのように飛び交い、連携して襲って来る。殺しに慣れた身のこなしだった。

何度か行き交ううちに、進之介は二人の呼吸が読めた。長身の男が上から襲えば、もう一人は下から、長身の男が下から来れば、もう一人は上から来る。

行き過ぎた長身の男が身を翻し、上から匕首を振り下ろして来た。

進之介は咄嗟に刀の峰を返し、長身の男の胴を払った。男はうっと呻いた。肋骨を叩き折る手応えがあった。

刀を払った勢いで軀を回し、後ろから突っかけて来た男の体を躱した。たたらを踏んで前のめりになった男の右腕を大刀の峰でしたたかに打った。

こちらもかなりの手応えがあった。

男は蹲《うずくま》り、折れてぶらぶらしている右腕を左手で支えた。

「畜生！」

薄暗がりに、苦痛で歪んだハチの顔が浮かんだ。長身の男は相棒のシゲだった。シゲも胸元を抑え、呼吸が苦しそうだった。

「吾妻屋清兵衛に頼まれたか？」

「てやんでえ。おめえのおかげでおれたちはお払い箱になったんでえ。そのお礼参りよ」

ハチは憎々しげにほざいた。

「おぬしたち、命があるだけ、ありがたいと思え。今度遭ったら本当に斬る」

二人は無言のまま、抱き合うようにして雑木林から歩き去った。

進之介は刀を鞘に戻した。

「そこの男、出て来い」

進之介は欅の幹の陰にいる男に向いていった。さっきから猛烈な殺気が放たれていた。

「若造、なかなかできるな」

幹の陰から鬼麓が現れた。

「やはり、おぬしだったか」

鬼麓は無言だった。

鬼麓はすでに襷掛けだった。

「吾妻屋清兵衛に頼まれたか？」

「笑止。関係ない。ただ、おまえを斬りたいだけだ」

進之介は飛び退き、雑木林の前の草地に歩んだ。

鬼麓がついてくる。

進之介は向き直り、懐から襷の紐を出して、素早くかけた。

「茂作を斬ったのは、おぬしか？」

「だったら、どうする？」

「斬っても後悔せずに済むのでな」

「おれを斬るというのか」

鬼麓は顔に酷薄な笑みを作った。暗がりに、暗鬼のように見える。

鬼麓は草履をささっと脱いだ。進之介も草履を脱ぎ捨てた。

二人は互いに飛び退き、三間ほどの間合いを取った。

進之介はそろりと大刀を抜き、斜め青眼に構えた。切先を鬼麓の左眼に向ける。

鬼麓はまだ刀を抜いていなかった。鯉口を切り、右手を柄に添えている。

おそらく居合の抜き打ちか？

進之介の脳裏に、一閃流れ星のごとし、という文言《もんごん》が浮かんだ。

草を踏むかすかな音が聞こえた。

来る、と進之介は思った。だが、鬼麓はやや間合いを詰めただけだった。

鬼麓の軀から殺気が迸《ほとばし》り出した。見る見るうちに鬼麓の軀が巨岩のように固まり、膨張してくる。

この気はなんだ？

進之介は徐々に鬼麓の気に押されるのを感じた。隙がまったくない。

背筋に冷や汗が噴き出した。じりじりと鬼麓は左に回りはじめた。進之介も合わせて擦り足で左に回る。

鬼麓に刀を抜かせねばならない。だが、抜いた時が勝負だとも分っている。

居合の斬り間は短い。互いの軀が接触するくらいで相手を斬る。

鬼麓の秘剣も、斬り間が短いに違いない。

鬼麓が間合いを詰めた瞬間の勝負になる。

ならば、こちらから仕掛けたほうが有利だ。

青眼から八双に剣を移した。

大原一真の構えを脳裏に描いた。

左肩に隙を作り、誘いをかける。

鬼麓が誘いに乗った。

来る！

鬼麓が腰を沈め滑るように走り寄って来る。気が大きく揺れた。

進之介は八双のまま、退かずに、反対に左足をすっと前に出した。

鬼麓が目指す斬り間より半歩短く出る。

鬼麓の刀が抜き放たれていた。上段から一閃して進之介の面に打ち下ろされる。

進之介は半歩前に出ながら、体を開き鬼麓の打ち込みを躱した。進之介の鼻先をかすめて刀が一閃した。まるで流れ星が瞬いたかのように速い。

左袖を裂いて刀が抜けた。熱い痛みが腕に走った。

進之介はくるりと軀を回した。回しながら回転をかけた大刀を、腰を沈めて擦り抜けようとしている鬼麓の背に打ち下ろした。

骨と肉を切り裂く手応えがあった。

だが、鬼麓は飛び退き、進之介に向き直った。大刀を正眼に構えた。

鬼麓の殺気が萎《な》えていくのを感じた。

進之介も相正眼に構えた。

鬼麓の刀がぶるぶると震え出した。

血が迸る気配がした。濃厚な血の臭いが広まっていく。

やがて鬼麓はがっくりと膝から崩れ落ちていった。

「見事だ！　進之介」

いつの間にか、大原一真が立っていた。

「秘剣流れ星を破ったのう。天晴《あっぱ》れだ」

「ありがとうございます」

進之介は、その時、初めて左腕から血がしたたり落ちているのに気がついた。

大原一真と長屋に戻ると、おさきが真っ先に進之介に駆けつけた。

「お怪我をなさったのね」

「大したことはない。かすり傷だ」

おさきは姉さん被りにしていた手拭いを取って口で裂いて細布を作った。細布を進之介の傷にあて、きつく縛った。

「心配してました。一緒にお出でだとばかり思ったのに」

「ちょっと野暮用があってのう」

お光がうれしそうに駆け寄った。

「おかげさまで、助かりました。なんと御礼を申し上げたら」

「直三さんと所帯を持って幸せになってくれれば、それで満足」

直三が進之介にお辞儀をして礼をいった。

「おさきさんが、この長屋の空き部屋を手配してくれやした。ありがとうござんす」

「これで、おっ母さんたちも、一緒にここで暮らせることになりました。本当にみなさんのおかげです」

お光がうれしそうに笑った。

ふと見ると、お光の母のお米と二人の子どもが、大家の宮田屋惣兵衛と笑い合っている姿が目に入った。

進之介はいつになく心が暖かくなるのを感じた。

第三話　用心棒事始め

1

障子戸に風に吹かれた枯れ葉が、影を作って舞った。

このところ、急に秋らしくなったな、と進之介は殊勝にも思った。

朝晩に炊事の支度や後片づけ、衣類の洗濯で、井戸水に手を浸けるのが次第に辛《つら》くなっている。

元気のいい裏店のおかみさんが衣類の洗濯をやってくれるのは助かるが、さすがに下帯《したおび》まで頼むのは気がひける。

夜、誰もいない井戸端に一人しゃがみ込み、ごしごしと褌を洗うのはわびしい姿だが、これもいたしかたない独り身の生活だ。

朝餉、夕餉こそ、宮田屋の台所を賄《まかな》うお伝が進之介の分も作って運んでくれるものの、食器洗いや後片づけぐらいは、自分でしなければ申し訳がない。

宮田屋惣兵衛の好意で店賃《たなちん》も払っておらず、おさきから月月の小遣いまでもいただいているような居候生活に、どこかでけりをつけて、自活するようにならないと、男子としての面目が立たない。

今日こそは、宮田屋惣兵衛に呼ばれたついでではあるが、日頃の生活について、自分の考えを話そうと、進之介は思うのだった。

襖越しに廊下を急ぐ足音がして、襖が開いた。

「お待たせしましたな」

宮田屋惣兵衛がにこやかな笑顔で現れた。

「いえ」

進之介は火鉢から離れて、姿勢を正して坐り直した。

「さあさ、そんなに固苦しくならずに。遠慮なさらず、火鉢に手をかざしてください。近ごろめっきり秋めいて、冷え込むようになりましたな」

惣兵衛はそういいながら火鉢の前に坐り、鉄の火箸で灰をかき回して、赤く燃えた炭を灰から出した。

「日頃、本当にお世話になっております。本日は、それがしのほうからも、店賃のことなどで、ぜひにとお願いの儀がありまして伺いました」

「ほう。何かご不満なことでも、ございましたか？」

惣兵衛は手を炭火にかざしながら、微笑んだ。

「いえ、不満などとんでもない。お願いの儀は、それがし、いつまでもお世話になりっぱなしの居候生活からきっぱり足を洗い、来月からはほかの店子の方々同様、それがしも店賃を納めさせていただこうという所存です」

「おやおや、そんなことでしたか。裏店が古いので、隙間風があって寒いとか、そういうご不満か、と思いましたよ」

「いえ。確かに隙間風は、なんとかならないかとは思いますが、なにしろ店賃を払っていないような身では、大家さんに文句のつけようもない次第でして」

「ははは。進之介さんは正直な御方だ。そうでしたか。店賃をただにしていましたか。それは知りませんでした」

「は？　と申しますと」

「おそらく、おさきが内緒で立て替えておったのでしょう。わたしも、進之介さんが働いていないのに、よく毎月の店賃をお払いになられるな、と感心しておったのですがね」

「おさきどのが」

進之介は内心、藪蛇《やぶへび》だったかな、と臍《ほぞ》を嚙んだ。だったら、おさきに先に感謝すべきだった。

「いやいや、わたしもたぶん、そんなところだろう、とは思っておりました。でも、よくぞ、決心なされた。わたしも、実は進之介さんが、いつまでも、いまのままの生活でいいはずがない、と案じてはいたのです」

「………」

「いえ、だからといって、すぐに裏店を出てってほしいなどというのではありませんぞ。あんな裏店でよければ、いつまでも、好きなだけ、いてただきたい、と思っているくらいです」

「ありがたいお言葉を……」

惣兵衛は進之介の言葉を遮った。

「とはいえですよ。将来のこの国を背負って立つ有為の若者の一人である進之介さんが、いつまでも、こんな狭くて汚い長屋に燻《くすぶ》っていてはいけない。もっと大きく羽ばたいて、広い世界に飛翔してほしい、そう思うわけですよ」

「はあ」

「いま、この日本は長い鎖国時代から目を覚まし、進んだ異国の文化や風習を取り入れようとしている。それだけでなく、ずる賢くて巧妙な異国と丁々発止《ちょうちょうはっし》と立ち向かい、交渉していかねばならない重大な時節でもありましょう。まさに転換期を迎えている。そんな折に、ぜひ、将来がある進之介さんにも、世に打って出て貰い、天下国家のために汗をかいて働いていただきたいと思うとるわけです」

惣兵衛はいつになく弁舌さわやかだった。進之介は、話が思わぬ方向に進んで行くのに、少し戸惑っていた。

「とまあ、前振りはしましたが、進之介さんのお気持ち、ようく分かりました。よくぞ自立を決心なされた。まずは、そこからの出発が大切です。来月からは、ぜひ、進之介さんが店賃を納めてください」

「ありがとうございました。これまで、本当に助かりました。いま、しばらくは、それがしも、こちらの裏店にご厄介になりたいと思いますので、引き続きよろしくお願いいたします」

「もちろんです。よろこんで。ところで、今日、おいでいただいたのは、期せずして、こちらのお願いも、進之介さんのこれからの生活を考えてのことでもあるのです」

「ほう、どんなことでしょうか？」

惣兵衛は膝をぐいっと進めた。

「わたしもそこそこ剣術の心得がないではないが、寄る年波には勝てない。腕もすっかり錆《さび》ついている。そこで進之介さんの腕を見込んで、しばらくの間、わたしの用心棒をお願いできないか、と思うのだ」

「………」進之介は腕組みをした。

「いやなに、ずっとというわけではなく、この二、三カ月でいいのです。もちろん、仕事としてお願いするのですから、その間の給金はお支払いいたします」

惣兵衛はもともと武家上がりだった。腕前も決して悪くない、と進之介も推察している。その惣兵衛が用心棒を必要としているというのだから、よほどの事情があるのだろう。

「……それがしに用心棒が務まりましょうか」

思いもしなかった依頼に、進之介は面食らっていた。

「ご謙遜を。大原一真先生からもお聞きしましたぞ。剣客高畠鬼麓の秘剣流れ星を破られたこと、さらに二人の殺し屋を叩き伏せたことなど並の腕前ではない。大原先生は感心なされていた。先生はいざとなったら、加勢に出ようと思っていたが、その心配はまったくなかった、と」

「……それがしなど、まだまだ未熟者です」

進之介は照れくさかった。

実は安心して鬼麓ややくざ者と闘えたのは、どこか近くで大原一真が見ていてくれると感じていたからだった。いざとなったら、きっと出て来て助けてくれるだろう。そう思っていたから剣にも余裕ができたのだ。

「どうして用心棒なんかが必要なのでしょうか？」

「実はのう。このところ、わたしのところに、何通も脅迫めいた書状が届いております」

「どのような？」

惣兵衛は立ち上がり、茶箪笥の上にあった木箱を下ろし、蓋《ふた》を開けた。その中から、何通かの書状を取り出した。

「手紙の内容は、いずれも同じく、日頃の所業芳《かんば》しからず、反省をしなければ、いずれ天誅《てんちゅう》を下す、というものです」

「またですか？」

以前にも、似たような脅迫状が惣兵衛の許に届いていたことがある。兼吉が攫われた時だ。

結局、その時の脅迫状は兼吉が誘拐されたこととはまったく関係なく、脅迫もただの文言《もんごん》だけで何も起こらずに済んだが。

「あれは攘夷派浪士の嫌がらせでした。脅迫状も、店先に貼りつけられていました。しかし、今度は違うのです」

「ほう。どう違うのです」

「何度もあとをつけられたり、人に監視されている気配がするのです」

進之介は達筆で書かれた手紙に目を通した。書き方が違っても、手紙の内容は惣兵衛のいう通り、ほとんど同じだった。

どの書状も同じ筆致で、同一人物が書いた手紙に間違いなかった。天誅の文字だけ、力を込めて書かれている。

柔らかな脅しの文句の陰に、確かに陰湿な悪意が見え隠れしていた。

「金銭の要求は、ありませぬか？」

「いままでのところはありません」

天誅を下す、か。

天誅という言葉には、進之介もどこかで口にしたような記憶があった。自分もその言葉を口にしていたような気がする。

「天誅が下る」という言い方なら、まだ婉曲《えんきょく》な遠回しの脅しだが、「天誅を下す」は書いた人間の強い意志が直截《ちょくせつ》に表示されている。

「殺す」という意志を迷いもなく伝えている。確かに危険な臭いがぷんぷんする。

「なぜ、惣兵衛殿が狙われるのか、その理由はなんですか?」

「うむ。いまはいえないが、思い当たることがないでもない」

「理由が分かると、相手が誰かも見えてくるので警戒もしやすいのですが」

「進之介さん、あなただから、わたしは信用して用心棒をお願いしている。兼吉の時も、あなたは口外無用の約束を固く守った。いつか、必ず思い当たる理由を話す。いかがだろうか。いまはわたしを信じて、何も聞かずに、用心棒を引き受けてくれまいか」

惣兵衛は深々と頭を下げた。

惣兵衛は心底困っている、と進之介は思った。

わけを聞かずに、危険な仕事を引き受けるのは気が進まなかったが、とりあえず惣兵衛の人間を信じるしかない、と思うのだった。

「分かりました。お引き受けします」

「ありがとう。引き受けてくれますか。これで一安心できる」

惣兵衛は懐から財布を出し、金子を三枚取り出して進之介の前に置いた。

「これは当座のお金だ。支度金とでも思ってほしい」

「しかし、こんなに頂いても……」

「引き受けていただいたのに、こんな条件を出してはなんだが、身仕度を整えていただく。そのための資金です」

「はあ」

「近々、また江戸へ行く用事がある。それらの書状は、いずれも江戸の店に貼ってあったものだ。きっと、それらを書いた者は江戸でわたしを待ち受けているでしょう。わたしと一緒に、どこへでも行けるようにしてほしいのです。わたしがお目にかかるのは、身分のある方が多い。そうした相手に失礼がないように風体も整えてほしい」

惣兵衛は、そういいながら、じろじろと舐めるように進之介を見回した。

「うーむ、まず、その総髪はやめて貰います。月代を剃ってほしい。不精髭《ぶしようひげ》もきれいに剃る。それから袴や小袖、肩衣なども新調していただきたい」

2

それから十日ほどのちのこと。

惣兵衛から、近々、江戸へ発つので、いつでも旅立てる用意をしておいてほしい、という指示があった。

進之介は久しぶりに街道筋にある湯屋へ行った。

十分に湯に浸かり、軀を隅々まで洗ってさっぱりしたところで、帰りに青木町の髪結いへ寄った。

髪結いの小僧は、慣れた手つきで元結《もとゆ》いを切り、髪を梳《す》いた。進之介はひさしぶりに身も心もさっぱりする気分になった。

それが終わると中床《なかとこ》に代わって、進之介の月代と顔を剃りはじめた。

「旦那、月代はどんな風にします?」

「どんな風って?」

「江戸風がいいか。それとも、大坂風がいいか。あるいはこのご当地神奈川風がいいか」

これから江戸へ行くというのに、大坂風や神奈川風はあるまい、と進之介は思った。

「そうだな。旦那なら、まだ若いからいま流行りの江戸風がいいのではないかな」

「江戸風ねえ」

「江戸の旗本連中に流行っている講武所風ですよ。月代を細く剃り、ちょん髷をきりっと結い上げる」

「それにしよう」

進之介はあれこれ考えるのが面倒になり、目を閉じた。

髪をいじられると、なぜか、眠気に襲われる。子どものころ、母にいい子いい子と頭を撫でられた記憶を思い出すのだ。

うとうととしているうちに、髪結いが終わった様子だった。最後に店の親方が手を入れて、髪結いは仕上がった。

「はい、若旦那。上がりましたよ」

鏡を覗くと、自分とは思えない若侍に仕上がっていた。

「いや、よくお似合いだ。男っぷりのよさに、きっと娘さんたちが放っておかないね」

親方は世辞をいった。

進之介は照れながら、月代を撫でた。

拳銃で撃たれた時に負った銃創《じゆうそう》は、ちょうど月代を剃った付近なのだが、それほど目立たなくなっていた。

「うむ。生き返った気分だ。世話になった。礼をいう」

進之介はお代を親方に渡し、髪結いの店を出た。月代や顔を剃ったおかげで、頭や顔がすーすーと涼しくて、気分もいい。

通りすがりの女たちも、すれ違いざまに必ず進之介を振り返った。以前に、町人姿になったことがあったが、その時の人に注目される、ぞくぞくする気分を思い出した。

悪くない気分だった。

進之介は胸を張り、風を切って、さっそうと歩いた。

家に帰る途中、神奈川宿に一軒しかない刀研屋の天草屋へ立ち寄った。先日、鬼麓と立ち合った時の刀を預けてある。

刀研屋の天草屋は厳《いか》めしい門構えの店だ。武士の魂である神聖な刀を預かるという仕事柄、家の格式も高く、武家と同格に扱われている。天草屋は刀研ぎの名家本阿弥《ほんあみ》家の家系に連なっていた。

門をくぐると、すぐに濡れ縁に続いて仕事場の板の間が見える。

　仕事場には、水を満々と湛えた大ぶりな砥桶が据えつけてある。その傍らで数人の侍烏帽子の研ぎ師が砥石に刀を押しあて静かに研いでいた。

　仕事場の正面には天照大御神《あまてらすおおみかみ》を祀《まつ》った祭壇が設《しつら》えられてあった。祭壇には二本の大きな燈明が灯っている。

　訪いを入れると、すぐに小袖姿の娘が濡れ縁に三つ指をついて進之介を迎えた。娘が進之介を見て、頰を赤くした。

「鏡進之介さまですね。少々お待ちを」

　名乗らないうちに、名をいわれ、進之介は少しばかり戸惑った。この店には一度しか訪れていない。

　娘が引き込むのと入れ違いに、侍烏帽子を被った親方が腰を低めて現れた。髪がだいぶ後退した初老の男だった。瘦身の物静かな職人だった。

「どうぞ、お上がりください」

「いや、すぐに、おいとましますので。みどもの刀を受け取りに参りました」

「その刀のことで」

「何か、不都合でも？」

「いえ、そういうことではありませぬ」

親方は奥に向かって「鏡進之介さまの刀をお持ちしなさい」と命じた。「はい」という返事があり、先刻の娘が恭《うやうや》しく大刀を捧げ持って濡れ縁に現れた。

親方は刀を受け取り、すらりと鞘を払った。

刀身を掲げて、しみじみと見上げた。

「この波紋といい、刀の反《そ》りといい、久方ぶりに名刀に触れさせていただきました。このような業物《わざもの》は滅多にお目にかかれませぬ」

「…………」進之介もいわれて刀を見た。確かに美しい刀だ、とあらためて認識した。

「最近、この刀で人を殺めましたな」

「うむ。……」

進之介は鬼麓を斬った時の手応えをまざまざと思い出し、背にちりちりとした戦慄が走るのを覚えた。

「なのに刃こぼれひとつない。人を斬った刀に必ず表れる濁りもない。この業物、無銘ですが、もしや会津虎介《こすけ》の作とお見受けしますが、いかがでしょうか」

進之介は、大原一真から刀を戴いた折、会津の刀鍛冶の虎介の作だといわれたのを思い出した。

「はい。確かに、みどもも、そう伺いました」

「やはりそうですか。いやはや、これは見事な名刀です。この虎介をお持ちの方は、会津藩主松平容保《まつだいらかたもり》様のほか、まずはやんごとなき方々か、あるいは天下に名だたる剣客ばかり。鏡進之介さまも……」

「とんでもない。誤解なさるな。みどもは氏素性も分からぬ一介の素浪人。たまたま恩師から授《さず》けられたもの。本当なら、みどもなどが持つような刀ではないのかもしれない」

「…………」

親方は静かに進之介を見上げていた。

その傍らで、先刻の娘も進之介を見つめている。二人ともまったく進之介のいう話を信じていないようだった。

何かわけがあって、進之介が身分を隠していると勘違いしている様子だ。

親方は刀を鞘にゆっくりと戻し、捧げ持った。

「ありがとうございました。結構な業物を十分に堪能させていただきました。神仏に祈りをこめて、刀を研がせていただきました。どうぞ、お引き取りください」

「お代はいかほどかの？」

「お代はいりませぬ」

「いらぬ？　なぜ受け取ってくれぬ？」

進之介は懐から取り出した財布を手にきょとんとした。

「もったいのうございます。触らせていただけただけで満足です。こちらがお払いしたいほどです」

親方の言葉に、娘もうなずいている。

「そういわれてもみどもが困る。ぜひ、研ぎ料を払わせてもらいたい」

進之介は財布から金子を取り出そうとした。

「分かりました。では、こうしましょう。今日は十文をいただきます」

「そんな安くていいのか」

親方はにこやかに笑いながらいった。

「その代わり、こうさせてください。もし、その刀を研ぎに出す場合は、必ずわたしどもの店にお願いいたします」

「分かり申した。ありがとうござる。では、ご好意に甘えて」

進之介は、これ以上、押し問答をしていても埒《らち》があかぬと思い、虎介を受け取ると、腰に差した。そして、親方と娘に一礼し、店の門を出た。

振り返ると、親方と娘はまた恭しくお辞儀をした。進之介は礼を返し、急ぎ足で街道を歩き出した。

今日は妙なことが起こる日だ、と進之介は胸のうちで思った。

3

裏店に戻ると、家でおさきがお伝と一緒に待ち受けていた。

「お帰りなさいませ」

おさきは進之介の月代を見て、可笑《おか》しそうに袖を口にあてて笑った。お伝は目を丸くして、進之介を見つめている。

「可笑しいか?」

「いえ、とんでもない。どこの若様がお越しになられたか、と思いましたよ」

「似合わぬか」

進之介はしまった、と思った。当世風の月代などにしなければよかった、と臍を嚙んだ。

「いいえ、進之介さま、よくお似合いです。とても総髪だった進之介さまとは思えません。まるで別人のようです。ねえ、お伝さん」

おさきはなお、袖で口を抑えて笑いを堪えていた。

「ほんと」

お伝も必死に笑いを堪えている。

やはり、どこか可笑しいらしい。

進之介は少し傷ついた気分になり、憂うつだった。

お伝が真顔になっていった。

「呉服屋から新しい袴や小袖が届きました。すぐに新しい着物を召して大旦那様のところへお出でくださいとのことです」

見ると居間の畳の上に、きちんと折り畳まれた袴や小袖、肩衣などが並んでいた。

真新しい草鞋《わらじ》も揃えてあった。

「さあさ」

「お召し替えですよ」

おさきとお伝が甲斐甲斐しく、進之介の着物を脱がせにかかった。

半刻ほどのち、進之介は宮田屋の居間に上がり、惣兵衛の前におずおずと膝を進めた。

惣兵衛はにこやかに進之介を迎えた。

「おう。見違えりましたな。用心棒にはまったく見えませんな。その月代、当世流行りの講武所に通う、どこかの御目見えの若殿の月代そっくりだ」

「申し訳ありません。こんな可笑しな格好をしてしまって」

「いや。むしろ、ありがたい。わたしが、いかにもむくつけき無頼の用心棒を連れ歩いていたら、相手も高利貸しの取り立てが来たかとかえって用心してしまうでしょう。それに一見、若様風で用心棒らしからぬところがいいですな」

「そうですか?」

進之介は頭を掻いた。

「江戸では、幕閣の偉い方をはじめ、名はいえぬ要人まで、いろいろ会わねばなりません。その格好ならば、どこへ行っても嫌がられませんな。反対に、どこの若殿か、と大事にされるでしょう」

「ならば、よしとしましょう」

進之介は苦笑いしながら、新調された袴や小袖、肩衣を見回した。

「しばらく、その格好でいれば、次第に軀になじんでしまうものですよ」

進之介はさっき、おさきに同じような台詞《せりふ》をいわれて慰められたのを思い出した。

「江戸へは、明朝早くに出立します」

「分かりました。何刻《なんどき》ほどにこちらへ？」

「明け六つ、卯《う》の刻に、湊の桟橋へ」

「江戸へは徒歩で行くのでは？」

惣兵衛は目をしばたたいた。

「まさか。うちは回船問屋ですよ。世間さまはどうあれ、うちは回船で行くのが当たり前のこと」

「そうですか。海路ですか」

進之介は海原を飛ぶように走る帆掛船の船縁に寄りかかり、迫ってくる江戸の街を眺める姿を思い描いた。

「船旅のこまごました支度は、兼吉とおさきがやっておきますので、ご安心を」

「兼吉さんやおさきどのもご一緒するのですか？」

「いいえ。兼吉は昨日長崎から戻って来たばかりですのでね。久しぶりに家でおさきと一緒に留守番をしたいそうです」

そうか、そういうこともあって、自分を用心棒にして江戸へ連れて行こうというのか、と進之介は思うのだった。

進之介が、いろいろと惣兵衛と打ち合わせを済ませたあと、裏店へ戻ったのは夜のことだった。

木戸の陰に坐っていた小さな人影が不意に動き、進之介を緊張させた。

殺気こそないが、長い時間、暗がりで進之介を待っていた気配がする。

人影は頰っかぶりをしていた手拭いをさっと取った。

「進之介さま、政吉です」

「おう。政吉さんか」

「お吟からの伝言がありやす」

「ま、ここではなんだ。家へ参ろう」

「いえ、ここで用事を済ましたら、すぐこの足で江戸へ行かねばならないので」

「そうか。江戸なら、それがしも、明朝早くに発つことになるが」

「そうですかい。それはよかった。実は、お吟も、いま江戸に戻っているのです」

「元気になったのか？　あれからほぼ一月《ひとつき》、お吟どのからなんの連絡もないので、元気になったのかどうか、心配しておったのだが」

「おかげさまで、傷はもう完治しました。いろいろ飛び回っていますから。ご安心を」

　よかった、と進之介は本当に思った。もし、お吟を死なせていたら、それだけで、あの橘玄之典は許せぬ、という思いがしていた。

「お吟からの伝言ですが、ひとつは、斎木興輝の居場所が分かったのです。それで、ぜひ、進之介さまのお力をお借りしたい、それには江戸にお越し願えぬか、ということです。で、進之介さまは、どういうことで江戸へお出でになるんで？」

「うむ。それがしは、惣兵衛殿から、その身辺を護衛する役目を頼まれた。それで惣兵衛殿について江戸へ行く。向こうでは、二六時中、惣兵衛殿についていなくても大丈夫だろう。合間を見て抜け出し、ぜひ、お吟どのに会いたい、と思う」

「へええ。用心棒ですかい？」

「それがしには、似合わぬような気がするが」

　政吉は頭を振ったが、それ以上は何もいわなかった。

「もうひとつの伝言は、新しいお頭《かしら》が江戸屋敷に上がりました。ぜひ、お頭が進之介さまにお目にかかりたい、とのことです」

「そうか。承知したと伝えてくれ。それで江戸に着いたら、どのように連絡したらいい？」

「こちらから進之介さまに連絡を取ります。それまでお待ちください」

「しかし、それがしは船を出たら、惣兵衛殿次第でどこへ行くのか分からぬが」

「ご心配なく。江戸へ着きましたら、草の仲間が二六時中、進之介さまの周辺を護衛します。どこにお出でになっても、草がついて回りますのでご安心を」

「用心棒の用心棒というわけだな」

進之介はうなずいた。

「では」

政吉の影がふっと路地の暗がりに消えた。しばらくして、どこかで犬が激しく吠えた。

4

宮田屋の桧垣回船は帆にいっぱいの風を受け、江戸湾の青い海をひたすら江戸湊を目指して航行していた。舳《へさき》が白い波を蹴立てている。

早朝はまだ雲が多かったが、西寄りの風に吹き払われて、青空が拡がり、いまでは北の空に箒で掃いた跡のような高い雲を残すだけになっていた。

太陽は頭上から、だいぶ西に傾いている。

出港してから、すでに半日を過ぎている。

進之介は新鮮な風を胸いっぱいに吸い込んだ。海原を走る風はむせ返りそうな潮の香りを含んでいる。

船子たちが船頭の指示に応えて、満帆になった帆の向きを変える作業に忙しく働いている。

進之介はその見張りの側の船縁に身を寄せ、船が行く先を眺めていた。

西の方角に見える富士山は青空を背にくっきりとその山容を現していた。いつ初冠雪になったのか、山頂付近はうっすらと白い雪を被っている。

宮田屋の回船とまるで連れ添うように、越後屋の幟《のぼり》をなびかせた千石船が後ろからついてくる。

反対に江戸を発った回船が何艘も神奈川の方角に航行し、すれ違った。

行く手の海には、何十艘もの漁船が漂い、男たちが網を引いている。

回船の船足は快調だった。

東海道を歩いて行けば、神奈川宿から江戸・日本橋まで普通の人の足で、およそ二日はかかるだろう。

だが、回船の船足なら、一日かからずに江戸に着く。

幕府が代々大型外洋船の建造を禁止している背景には、地方雄藩が勝手に異国との貿易をしないようにするだけでなく、地方から江戸へ軍勢を船で運べないようにという軍事上の狭い了見があった。

東海道でも大井川をはじめ大きな川に橋が架かっていないのは、軍勢が一挙に江戸に攻め上がれないように、と幕府が考えた軍事上の理由からである。

徳川幕府が三百年も安泰だったのは、そういう自分たちだけの権力を守ろうと画策した結果だった。

馬鹿げたことだ。

このままでは、日本は異国との戦に負けて、占領されかねない。

進之介は、そんな話を誰からか聞いたような気がする。

誰からだったのだろう？

進之介はさまざまに湧き起こってくる思念に戸惑っていた。

それにしても船酔いはひどかった。

湊から出た時からはじまった船酔いは、まだ食欲こそないものの、半日経ってようやく終わった気分だ。

さっきまで胸元から込み上げようとしていた反吐《へど》は、嘘のように収まっていた。

進之介は風に吹かれながら、江戸にいるお吟のことを考えた。

怪我から快復したお吟は、すぐに現場に復帰して斉彬様の最後の世子である哲丸様を全力をあげて守ろうとしているらしい。

お吟の、その執念には頭が下がる。

記憶を失う前、自分もそうした忘れ草の一員として、お由羅派の陰謀を阻止するために奔走していたのに違いない。

哲丸様を呪殺しようという兵道家の斎木興輝とは、何者なのか？

どこかで、その名は聞いており、昔の自分に関わっている人物のように思えてならなかった。

お頭だった父辰之助は、斎木興輝の居場所を見つけたという知らせを受けたのち、殺された。

母お志乃も、さらに弟の慶之助や妹お松までも一家皆殺しにされた。知らせた部下の御女中もきっと殺されているのだろう。

そこまでやるとは、おそらくお由羅派も必死なのに違いない。そうせざるを得ないほど、斎木興輝は重要な呪術師なのだろう。

進之介は父を殺された恨み、母を殺された恨み、そして幼い弟妹を殺された恨みを思うと、心の奥底からお由羅派への憎しみが募った。合わせて、まだ正体が分からぬが、斎木興輝に対しても許せぬという思いが湧き上がってくる。

「進之介さん、あの先に見えるのが、江戸の湊だ。覚えていなさるかね」

いつの間にか、後ろに立った宮田屋惣兵衛が声をかけた。

「いえ」

進之介は頭を左右に振った。

覚えているか、と問われても、江戸湊がまだ遠すぎて、よく見えないせいもある。

「これで覗くといい」

惣兵衛は遠眼鏡《とおめがね》を進之介に渡し、覗き方を教えた。

進之介は遠眼鏡を目にあてて覗いた。景色はぼんやりとしか見えなかった。惣兵衛は焦点の合わせ方を教えた。

今度は海岸の景色が鮮明に目に飛び込んできた。

「もうそろそろ江戸の湊が見えるはずです」

進之介は目を凝らして、行く手の海岸を眺めた。

遠眼鏡を覗いても、まだ小さすぎてよく見えない。

「あれです。あれが湊です」

惣兵衛がいい、彼方《かなた》に指を差した。

家並らしい影が海岸にあった。小さな帆掛舟が何艘も見える。

湊だといわれれば、湊に見えなくもない。

惣兵衛は進之介の様子に微笑んだ。

「あと一刻も経てば、もっと近づいて見えます。江戸城の天守閣も望めるし、目的地の湊もはっきり見えてきます」

惣兵衛は進之介の肩をぽんと叩いた。


江戸の湊に船が着いたのは、夕陽が落ちて、すっかりあたりが暗くなってからのことだった。

近くに見えるのに、逆風で船足は鈍り、夜になってようやく湊に入ったのだ。

天空には満天の星がきらめいていた。

下弦の月が東の空にかかり、地上に青白い光を投げかけていた。

月明かりにおぼろに浮かんだ陸の暗がりには家々の仄かな明かりが漁火《いさりび》のように拡がっていた。

進之介はその家々の明かりと、星や月の明かりが海面に映《は》えて、幻想的に揺らめき立つのを、しばらくの間、我を忘れて眺めていた。

やがて船は隅田川の河口に投錨した。河口近くには湊の桟橋が何本も並び、伝馬船や帆柱を倒した船が係留されている。

そこからは伝馬船や猪牙舟《ちょきぶね》が停泊した船と桟橋の間を行き来して、積み荷や人を運ぶことになる。

宮田屋惣兵衛と進之介は船に横づけされた猪牙舟に乗り移り、桟橋へ渡った。

桟橋には宮田屋の番頭や手代たちが迎えに駆けつけていた。

惣兵衛は番頭たちとの挨拶もそこそこに、用意された駕籠に乗り込んだ。

進之介は、早速、駕籠の側面につき、駕籠かきの足に合わせて小走りに歩き出した。

湊には隣接して問屋街がある。

江戸の宮田屋は、その問屋街の中ほどに店を構えていた。

街の通りのいたるところに街行灯が灯され、道端を仄かに明るくしている。

あたりは次第に夜の気配を濃くしているが、まだ問屋街はどの店も戸を閉めておらず、手代や丁稚たちが働く気配に満ちていた。

駕籠は宮田屋の前に着けられ、惣兵衛は店の者たちに迎えられた。

進之介は惣兵衛の後ろについて、店の中に入って行った。

店に入ると、惣兵衛はさっそく番頭や手代、女中、丁稚たちを集め、進之介をみんなに紹介した。

「この進之介殿は、わたしの身内同然の御方だ。ゆえあって、わたしと一緒に同席してもらう。みなの者も、よろしくな」

「どうぞ、みなさん、お見知りおきを」

進之介は、なぜ、惣兵衛は用心棒であるといわなかったのだ、と不思議に思いながら、みんなに頭を下げた。

番頭、手代たちも声を揃えて、挨拶を返した。

5

翌日から惣兵衛について各所を回る仕事がはじまった。

進之介は、はじめこそ慣れぬ仕事なので、緊張してあたりの人たちに気を配りながら、惣兵衛にぴったり寄り添うようについて歩いた。だんだん慣れてくると、それではかえって全体の様子が見えにくくなるので、少し離れた後ろを歩いて護衛するようにした。

前を行くちょこまかと歩く惣兵衛に、誰かが急に駆け寄ったりしたら、一足《いっそく》で飛んで、惣兵衛を守る。そういう位置だ。

着いてから三日の間は、何事もなく無事平穏に過ぎていった。

惣兵衛は忙しく昼間から歩き回る。

最初の日は、朝、常盤橋近くの呉服問屋の大店を訪ね、昼過ぎには日本橋近くの同じような船問屋に挨拶に回る。

翌日には、猪牙舟に乗って、掘割を行き、武家屋敷街に行った。

どこかの藩の江戸屋敷を訪ねて、そこの御家老か留守居役と、かなり長い時間、打ち合わせ、また猪牙舟に乗って帰る。

猪牙舟に乗って移動している時は、比較的安心だ。舟の舳のほうに坐る。

舳に坐ると、舟の後方から跟《つ》けて来る舟があれば、すぐに気づくし、惣兵衛の動きも見ることができる。

振り向けば、行く手が見えるし、舟の両側を警戒できる。

異常接近して来る舟があれば、船頭にいって、すぐに回避させることができる。

掘割や川には、ほかの猪牙舟や伝馬船が、しきりに往来しているので、敵もこちらを襲いにくい。

舟の上での斬り合いは、やったことはないが、足場が揺れるので、かなりむずかしい。だが、条件は相手も同じはずだ。

三日目には、また猪牙舟で川や掘割を行き、とある旗本屋敷の船着き場に乗りつけると、そそくさと武家屋敷に入って行く。

あとについた進之介は控えの間に何時間も坐り、惣兵衛が帰るのを待つ。

待っている間も、いつ何時、惣兵衛の呼ぶ声が聞こえないか、と耳をそばだてている。眠気に襲われるが、居眠りしているわけにもいかない。

用心棒は、結構、しんどい仕事だな、と進之介は思った。

四日目に、初めて異変が起こった。

その日は、昼間、惣兵衛は番頭連れで、問屋街の何店かを回り、いくつか商談をまとめた様子だった。

惣兵衛はいつになく上機嫌で、番頭相手に取り引きがうまくいったことを喜び合っていた。

行き交う人混みに入っても、真っ昼間から惣兵衛を付け狙う者もなく、後ろからついて行く進之介も、今日は何事もなく済みそうだと安心した。

夕方になり、惣兵衛が突然、行くところがあるので一緒に来てくれ、と言い出した。

惣兵衛が、いままで夜に出かけることはなかった。商談はたいてい、昼間のうちに済ませ、夜は番頭たちと帳簿の整理をして、早めに寝るのが日課だった。

惣兵衛は番頭に猪牙舟を呼ばせると、いつもの初老の船頭に行き先を告げた。

「へえ」

初老の船頭は何もいわず、夜の川へ、舟を出し、ゆっくりと櫓を漕ぎはじめた。

夜の川や掘割は、昼間とは打って変わって危険に満ちている。行く手は真暗、後方や左右も暗くて、目が慣れないうちは、気が休まらない。

昼間ほどの舟の往来はないが、それでも上り下りの舟は何艘もある。暗がりの中を行く舟は舳に行灯を載せることになっているのだが、なかには火を消したまま、行く舟もあるからだ。

川や掘割の両側の家々には行灯の明かりが見える。両方の河岸の石垣には、舟の安全のため、掛け行灯が吊るされ、水面に仄かな明かりを投げていた。

惣兵衛が薄暗がりの中でいった。

「進之介さん、今夜は、ぜひ、あんたに会わせたい人たちがいる。これからの日本を背負っていくだろう有為の方々だ」

「誰ですか？」

「まあ、楽しみになされ」

惣兵衛の声は上機嫌だった。やはり昼間の商談がよほどうまく運んだに違いない。

進之介は考え込んだ。

日本を背負って立つ有為の方々？

「いったい、どこへ行くのですか？」

「深川。深川の岡場所です」

「………」

進之介も岡場所がなんであるのかは知っていた。

「進之介さん、あんたも男だ。深川の芸者遊びぐらいは経験しておかんとな」

「しかし、その有為の方にお会いするのではないのですか？」

「ははは。その方が、これから行く船宿で、芸者をあげて遊んでいるのですよ」

猪牙舟はすいすいと水面を切って走り、大きな丸い橋の下をくぐり抜けた。

橋の上は提灯が連なり、橋の弧を美しく浮かび上がらせている。

進之介は、ふと記憶の底で、その橋に見覚えがあると思った。

いつか、見たような気がする。それが、どういう時だったのかは分からないが、同じ夜、近くで壮大な花火が上がっていた。

橋を通り過ぎ、大きな川に出て、さらに川を遡《さかのぼ》った。惣兵衛は船頭に何事かをいった。

「へえ」

船頭は猪牙舟を巧みに操り、何艘もの猪牙舟や屋形船が行き交う中を抜けて、幹線水路である川から外れて、速度を落とし、静かな掘割に舟を進めた。

掘割に入ると、夜のせいもあって極端に舟の往来は少なくなる。

掘割の両側に船宿が連なるように並んでいた。三味線を爪弾く音、芸者の都都逸《どどいつ》を唄う声が水面に流れてくる。

しだれ柳の枝が垂れ下がる下を猪牙舟は進み、やがて一軒の船宿の船着き場に舟を寄せた。

進之介は船着き場に飛び移り、舟の舳を押さえて、惣兵衛が下りるのを待った。

惣兵衛は遠慮する船頭に紙包みを握らせ、あとで迎えに来るようにいいながら、舟を下りた。

「さあ、ここです」

惣兵衛は勝手知った所のように、軽い足取りで石段を駆け登った。

船着き場は、そのまま船宿の木戸に繋がっていた。

惣兵衛が木戸を開けると、年増女が出迎えた。進之介はあたりの空気を嗅いだ。空気の中に、甘くて芳しい化粧の匂いが含まれている。

あちらこちらの船宿から、華やいだ女の笑い声が聞こえ、男のぼそぼそという声も伝わってくる。

「来ているかい？」

「はい。二階でお待ちかねです」

「お一人かね？」

「いえ、お二人でお出でです」

「花奴《はなやっこ》たちは？」

「ほかのお座敷を回って、すぐにこちらに来るそうです」

「そうか」

惣兵衛は二階への階段を上ろうとして、進之介に振り向いた。

「うむ。進之介さん、ちょっと下で待っていてくれるかな。芸者が来る前に、少々大事な話をしておかねばならん。あとで呼ぶから、酒でも飲んでいてくれ。それから、客人を紹介しよう」

「はい」

進之介は大刀を腰から外して、右手に下げた。

「仲居さん、悪いが、この若侍を遊ばせてあげてくれ」

「はーい。喜んでお預かりします」

年増の仲居は進之介に媚《こび》を売りながら、

「さ、若旦那、こちらへ」

と手を引き、階段脇の小部屋へ案内した。

廊下や部屋には、行灯が置かれ、あたりを仄かに明るくしている。

重ね膳を持った仲居が台所から現れ、廊下をどたどたと走って行く。階段をどんどんと駆け上がる。

「こちらで休んでいてください。すぐにお酒をお持ちしますからね」

年増の仲居は思い切り猫撫で声でいい、台所のほうへ姿を消した。

進之介は座蒲団に坐り、四畳半の部屋を見回した。床の間があるだけで、ほかには何もない。

どこかで仲居を呼ぶ男の声が聞こえ、それに倍する声で返事をする女の声がする。

また別の方角から、華やいだ女の声が聞こえてきた。あたりは、大勢の人々のたてる物音や笑い声、忍び声で騒然としていた。

「お待ちどおさま」

先刻の仲居が膳を抱えて戻って来た。進之介の前に膳を設え、膝を崩して、お銚子を差し出した。

「ま、おひとつどうぞ」

「はっ」

進之介は盃を差し出し、お銚子の酒をいただいた。

仲居は行灯の明かりで見ると、瓜ざね顔の細面の艶のある女だった。腰は細く、肩から腰にかけてなだらかな曲線が美しい。

進之介が一杯、飲み干した。熱い刺激が喉元を下り、さらに五臓六腑に滲《し》みていく。

「お流れを頂戴できますか？」

と仲居はいった。

「はっ」

進之介は盃を逆さまにして酒を切って仲居に手渡した。

「若旦那は、ここは初めてですね」

「はい」

進之介はお銚子の酒を仲居の盃に注いだ。
「まあ、さっきから、はい、はいってお返事ばかり。なにをそんなに緊張なさってい
るのです」
「上のお二人は、どんな間柄の人たちなのですか？」
「ま、そんなことを気になさっておられたの？　どちらも、れっきとしたお侍さんで
すよ。幕府の役人だけど、気さくな人たちで、わたしたちにも、分かりやすく天下国
家の話をしてくれるんですよ」
「…………」
「これからの世は、異国のように、武士も町人も百姓もみな同じになる。仲居も芸者
もみんな同じ扱いだ。そういう世界にするために、まず今夜は一緒に床《とこ》に入って仲良
くなろうなんてね」
　仲居はけらけらと笑い、盃を進之介に戻し、お銚子の酒を注ぐ。
「あら、いけない。旗本のお坊っちゃまに、そんなことをいっては。上の人たちのお
仲間かと思ったけど、だいぶ年下よね」
「みどものことか？」
「ええ。講武所風の月代をして、袴や着物もすべて新調ではないですか。お坊っちゃ

んなのでしょ?」

「いや、こう見えても素浪人の身。どこの藩にも属しておらぬ」

「まあ。そうでしたの。上の人たちは、幕府のお役人さんだけど、あちらの方たちのほうが浪人みたい。人は見かけによらないものねえ」

その時だった。

二階でどたどたと暴れ回る足音が響いた。

ついで玄関の戸をぶち壊し、七、八人が躍り込んだ。階段をどどどっと駆け上がって行く。

階上で、女の悲鳴も上がった。

瞬時に進之介は大刀を手に立ち上がって、小部屋を飛び出した。

「もし、あなた、危ない! 行かないで」

年増の仲居の声があとを追った。

進之介も彼らのあとを追って、階段を駆け登った。

「進之介! 来てくれ」

惣兵衛の呼ぶ声が聞こえた。

進之介は無言で、暗がりの中を争う人影を掻い潜って突き進んだ。

数人の黒い影が斬り結んでいる。誰も言葉を発しない。行灯の明かりが吹き消され、あたりは真暗になっていて、誰が誰を襲っているのか、見当がつかない。

一人が襖を破って廊下に転がり出た。

廊下の掛け行灯のおぼろな明かりが、さっと部屋に差し込んだ。

惣兵衛の小太りの軀が見えた。

黒装束の男の影が惣兵衛に向かい、刀を振りかざしながら踏み込んだ。

「天誅!」

進之介は惣兵衛の前に回り込み、その声を発した男の腕を取った。男の踏み込んだ勢いを利用し、進之介は腰車に乗せた。勢いよく部屋の端に投げ飛ばした。男の軀は大刀もろとも廊下に転がった。

別の黒装束の男が進之介に気づいて、向き直り大刀を振りかざした。

進之介はすかさず、その黒装束に体当たりをかけた。同時に両手で持った大刀の柄頭を、男の鳩尾に叩き込んだ。

男の影は「うっ」と呻きながら大刀を落とした。男は畳に崩れ落ちた。

進之介は転がった敵の大刀を摑み上げ、窓の外に放った。掘割に水音が響いた。

としていた。

左から、もう一人の影が上段に振りかざした大刀を惣兵衛めがけて振り下ろそうとしていた。

進之介は大刀の鞘を払い、相手の大刀を鎬《しのぎ》で受けて流した。同時に前掛かりに踏み込んできた男の足に足を飛ばした。

足を払われた男は体を崩した。廊下に転がり込んだ。大きな物音が立ち、向かい側の部屋の障子戸が音をたてて破れた。

その時、小さな黒い影が音もなく廊下に現れた。起き上がろうとしていた男に、きらっと匕首が閃いた。

進之介は一瞬たじろいだ。

新たな敵か？

向き直ろうとした進之介に、影がさっと寄って囁《ささや》いて去った。一瞬のことだった。

影は廊下の暗がりに溶け込むように消えた。進之介は耳を疑った。

「進之介さま、お吟です」

影は確かにそういったのだ。

気を取り直した。

自分が倒した相手は三人。敵は、あと何人いるというのだ？

進之介は小刀の峰を返して構え、惣兵衛を背に庇《かば》って、敵の様子を窺った。

「進之介、わたしよりも、カツさまたちを頼む」

カツさまたち？

まだ黒い人影が二手に分かれて揉み合っていた。

「馬鹿野郎め！　てめえら、目ん玉ひんむいて、ようく世界の有様を見てみろってんだ！」

威勢のいい江戸弁のたんかが響いた。

「おれたちを殺して、なんになる！　佐幕も勤皇もねえ！　この日本がだめになっちまうってえのが分からねえのか」

暗がりの中で七、八人の黒覆面の男たちが、無言のまま、刀を構え、三方から、床の間を背にした二人の侍を囲むようにして睨み合っていた。

「ここは狭《せ》めえ。宿の迷惑にもなるぜ。どうしてもやるというなら、表に出ろ。相手してやらあ」

小柄な影がいった。さっき江戸弁のたんかを切った声だ。

だが、相手はまったく応えない。

いきなり、男たちの中の首領格が無言のまま、刀を八双に構え、すり足で前へ出た。

キエエエ！

気合いもろとも、小柄な男に大刀を振り下ろした。刀が風を切る音が響いた。剛刀だ。

小柄な影は身軽にひらりと身を躱した。同時に大刀を持った手を小刀で叩き落とした。大刀が畳の上に転がった。

小柄な男はその大刀を取り上げ、畳に突き刺した。

できる。

進之介は小柄な男が並大抵の腕ではないのを感じた。

「表へ出ろってえのが分からねえのかい」

小柄な男が怒鳴った。

首領格が、ちらっと目で合図をした。

その途端、残りの七人がいっせいに大刀を小脇に構え、刺殺する構えで、二人に殺到した。

進之介の軀が二人の前に跳んだ。二人に突っ込んで来る男の足を大刀の峰で払った。

骨が折れる鈍い音が響いた。

払った刀を返し、なおも踏み込んで来るもう一人の肩口に振り下ろした。肩の骨を折る手応えがあった。

進之介ははっとして黒覆面たちに目をやった。何本もの手裏剣が空を切る音がした。残りの五人が次々に膝をつき、のけ反って倒れたり、蹲ったりしている。

忘れ草だ。お吟たちが加勢してくれたのだ。

「………！」

床の間を背にして立った二人は、小刀を構えたまま、きょとんとしていた。いずれの黒覆面の男たちの足の股や背中、首に何本もの手裏剣が突き刺さっている。

首領格の男が口に指をあて、ピーッと指笛を鳴らした。

黒覆面の男たちは踵を返し、一斉に引き揚げはじめた。廊下や壁ぎわに倒れた男たちを担いだり、互いに肩を貸し合って引き揚げて行く。

最後に首領格の男が残った。

「ほれ、持ってけえれ」

小柄な男は畳の上に突き刺した大刀を顎でしゃくった。

首領格の男は大刀を引き抜き、腰の鞘に戻すと一礼し、引き揚げて行く。

「てめえ、あっしらの暗殺に失敗したからって、腹をかっ切るような馬鹿はするなよ」

小柄な男は苦々しくいった。

「やれやれ、頭の固《か》てえ連中だぜ」

小柄な男は吐き捨てるようにいい、小刀を腰の鞘に納めた。

惣兵衛が小柄な男にいった。

「さすが、北辰一刀流皆伝の腕前」

「なんのなんの。あんなへっぽこ連中に斬られるおれじゃねえやい」

小柄な男は余裕しゃくしゃくにいった。

もう一人の侍も脇差しを鞘に戻す。

「あの連中は、何者ですか？」

「てめえの頭で考えようとしねえ。あんな連中ばかりだから、幕府は異国にこけにされちまうんだ」

「そうか。我々に反対する幕臣か」

「勝《かつ》さま、この男が進之介、元薩摩藩士の鏡進之介です」

「おう、そうだったかい」

進之介は大刀を腰に戻しながら、頭を下げた。惣兵衛は進之介に向いた。

「こちらは勝さま、長崎海軍伝習所頭取の勝海舟《かいしゅう》さまだ」

背の低い小柄な男だった。浪人者のような総髪の頭をし、眼光が異様に鋭かった。

先刻の立ち回りを見せた御仁とは思えぬような柔和な笑みを浮かべている。

勝海舟と聞いても、進之介ははっきりと思い出せなかった。記憶の隅のどこかに残っているような気がする程度だった。

それでも、惣兵衛の口振りから、この勝海舟という人が、有為の方なのだろう、と察して、頭を下げた。

「そうかい。あんただったのか。鏡進之介というのは、実はな、あんたのことを、おれは頼まれていたんだ。何か相談に行ったら、こいつの身は保証するから、面倒をみてやってくれってな」

「…………」進之介は訝った。

「ほう。勝さま、いったい誰にですか？」

「西郷《さいごう》だよ、薩摩の西郷吉之助《きちのすけ》」

進之介は、西郷吉之助の名に、はっと頭にひらめいたものがあった。

西郷の名は聞き覚えがある。薩摩だ。薩摩でお会いした記憶がある。

そうだ。まざまざと容貌を思い出した。

堂々たる巨漢。太い眉毛に引き締まった口元、人を威圧するような巨眼重瞳《ちょうどう》。だが、自分のことを保証するってことは、いったい、どういうことなのだろうか？

「そんなおれのことより、こちらの長井《ながい》さんを紹介しておかねばならんだろう」

勝海舟は、後ろににこやかな笑みを浮かべている武家を振り向いた。

「はあ、そうですね。進之介さん、こちらは、長州藩士の長井雅楽時庸《うたときつね》さまだ」

「この長井さんの『航海遠略策』は、先見の明を持った考えだ。おめえさんも、ぜひ、読ませていただくんだな」

勝海舟はにやりと笑った。

「は、はい」

進之介は、なんのことか分からなかったが、うなずいた。

幕臣で長崎海軍伝習所の勝海舟といい、薩摩藩士の西郷吉之助といい、長州藩士の長井雅楽時庸といい、いったい、三人が、どこでどう繋がっているというのか、進之介は何も分からず、ただ呆然とするばかりだった。

6

さすがに、その夜、進之介はなかなか眠りにつけなかった。

惣兵衛に脅迫状を送ってきていた輩は、船宿を襲って来た、あの黒覆面の武士の集団だったのだろう。その正体は分からないものの、勝海舟の話から、開国に反対する攘夷派の幕臣であることだけは分かった。

勝海舟や長井雅楽時庸という開国派を支援している惣兵衛を、彼らは容認できなかったのだろう。

それにしても、あの暗闘の最中、加勢に来てくれたお吟を見た時には、なんともいえぬ懐かしさを思い出していたのだった。

とんとん、と雨戸を叩く音が聞こえた。

進之介は、枕元の大刀を手に取って、障子を開け、廊下に出た。

とんとん、という音は続いている。

「…………？」

「進之介さま。お知らせしたいことが」

お吟の声だった。

宮田屋の奥の離れにまで、お吟は夜の闇に紛れて、忍んで来たのだ。

雨戸をそっと開けた。

月の光がおぼろげに御高祖頭巾《おこそずきん》を被った武家娘姿を浮かび上がらせていた。

お吟だった。

「お頭さまが、ぜひに、と」

「こんな遅くにか？」

「はい。お頭さまは、明朝、国へ帰らねばならなくなりました。そのために今夜のうちにとのことなのです」

「分かった。すぐに支度をする」

進之介は、大急ぎで寝間着を脱ぎ、身仕度を整えた。最後に袴を穿き、紐をきちんと結んだ。

草履を履いて、庭へ出た。

「こちらへ」

お吟は道案内するように先を急いだ。

掘割の船着き場に出ると、そこに屋形船が一艘、横づけになっている。

船頭の格好をした政吉が立っていた。政吉が頭を下げた。

お吟は先に立って舟に乗り、障子戸を開いた。進之介はあとに続いて舟に乗り込んだ。


二人が乗り込むと静かに屋形舟は掘割の水面に出て行った。

障子戸に囲まれた屋形の中には、手あぶりの火鉢が用意され、部屋を温めていた。

奥に大柄な侍が坐っていた。

頭巾を被っていて、顔が見えなかった。羽織を着込んでいる。

お吟が坐り、その侍にお辞儀をした。

「お頭さま、進之介さまをお連れしました」

進之介も正座し、お頭と呼ばれた男に頭を下げた。

「進之介、ただいま参上しました」

すると、大男は膝を正して坐り直した。頭巾をさらりと脱いだ。

そこには、見覚えのある丸顔があった。

太い眉毛、ひきしまった分厚い唇、ぎろりとした巨眼重瞳。

西郷隆盛だった。

「進之介様、お久しうございます」

いきなり、西郷は両手をつき、進之介に深々とお辞儀をした。

「お頭さま、いったい、……」

お吟が驚いて、西郷を見つめた。

進之介も、驚いて、ただ西郷を見つめ返すだけだった。

「これから申し上げますことは、斉彬様からの直々のご命令を受けてのことです。ともあれ、進之介様、驚かれませぬよう」

「………」

「実は、進之介様は、斉彬様の隠し子なのです」

「な、なんと」

お吟は絶句し、袖で口元を被った。

「あなたさまは、斉彬様のお手がついたお志乃様に産ませた子だったのです」

自分が島津斉彬の実子だと？

進之介は驚愕のあまり、呆然として西郷を見つめていた。

（つづく）

時代小説

二見時代小説文庫

流《なが》れ星《ぼし》　忘《わす》れ草《ぐさ》秘《ひ》剣帖《けんちょう》2

著者　森《もり》　詠《えい》

発行所　株式会社　二見書房
東京都千代田区三崎町二－一八－一一
電話　〇三－三五一五－二三一一［営業］
　　　〇三－三五一五－二三一三［編集］
振替　〇〇一七〇－四－二六三九

印刷　株式会社　堀内印刷所
製本　ナショナル製本協同組合

落丁・乱丁本はお取り替えいたします。
定価は、カバーに表示してあります。

ISBN978－4－576－09158－7
http://www.futami.co.jp/

進之介密命剣 忘れ草秘剣帖1
森 詠［著］

開港前夜の横浜村近くの浜に、瀕死の若侍を乗せた小舟が打ち上げられた。回線問屋の娘らの介抱で傷は癒えたが記憶の戻らぬ若侍に迫りくる謎の刺客たち！

流れ星 忘れ草秘剣帖2
森 詠［著］

父は薩摩藩の江戸留守居役、母、弟妹と共に殺されていた。いったい何が起こったのか？ 記憶を失った若侍に明かされる驚愕の過去！ 大河時代小説第2弾！

快刀乱麻 天下御免の信十郎1
幡 大介［著］

二代将軍秀忠の世、秀吉の遺児にして加藤清正の猶子、波芝信十郎の必殺剣が擾乱の策謀を断つ！雄大な構想、痛快無比！火の国から凄い男が江戸にやってきた！

獅子奮迅 天下御免の信十郎2
幡 大介［著］

将軍秀忠の「御免状」を懐に秀吉の遺児・信十郎は、越前宰相忠直が布陣する関ヶ原に向かった。雄大で痛快な展開に早くも話題沸騰 大型新人の第2弾！

刀光剣影 天下御免の信十郎3
幡 大介［著］

玄界灘、御座船上の激闘。山形五十七万石崩壊を企む伊達忍軍との壮絶な戦い。名門出の素浪人剣士・波芝信十郎が天下大乱の策謀を阻む痛快無比の第3弾！

豪刀一閃 天下御免の信十郎4
幡 大介［著］

三代将軍宣下のため上洛の途についた将軍父子の命を狙う策謀。信十郎は柳生十兵衛らとともに御所忍び八部衆の度重なる襲撃に、豪剣を持って立ち向かう！

神算鬼謀 天下御免の信十郎5
幡 大介［著］

肥後で何かが起こっている。秀吉の遺児にして加藤清正の養子・波芝信十郎らは帰郷。驚天動地の大事件を企むイスパニアの宣教師に挑む！ 痛快無比の第5弾！

二見時代小説文庫

山峡の城　無茶の勘兵衛日月録

浅黄 斑［著］

藩財政を巡る暗闘に翻弄されながらも毅然と生きる父と息子の姿を描く著者渾身の感動的な力作！本格ミステリ作家が長編時代小説を書き下ろし

火蛾《かが》の舞　無茶の勘兵衛日月録2

浅黄 斑［著］

越前大野藩で文武両道に頭角を現わし、主君御供番として江戸へ旅立つ勘兵衛だが、江戸での秘命は暗殺だった……。人気シリーズの書き下ろし第2弾！

残月の剣　無茶の勘兵衛日月録3

浅黄 斑［著］

浅草の辻で行き倒れの老剣客を助けた「無茶勘」こと落合勘兵衛は、凄絶な藩主後継争いの死闘に巻き込まれていく……。好評の渾身書き下ろし第3弾！

冥暗の辻　無茶の勘兵衛日月録4

浅黄 斑［著］

深傷を負い床に臥した勘兵衛。彼の親友の伊波利三は、ある諫言から謹慎処分を受ける身に。暗雲が二人を包み、それはやがて藩全体に広がろうとしていた。

刺客の爪　無茶の勘兵衛日月録5

浅黄 斑［著］

邪悪の潮流は越前大野から江戸、大和郡山藩に及び、苦悩する落合勘兵衛を打ちのめすかのように更に悲報が舞い込んだ。大河ビルドンクス・ロマン第5弾

陰謀の径《みち》　無茶の勘兵衛日月録6

浅黄 斑［著］

次期大野藩主への贈り物の秘薬に疑惑を持った江戸留守居役松田と勘兵衛はその背景を探る内、迷路の如く張り巡らされた謀略の渦に呑み込まれてゆく……

報復の峠　無茶の勘兵衛日月録7

浅黄 斑［著］

越前大野藩に迫る大老酒井忠清を核とする高田藩と福井藩の陰謀、そして勘兵衛を狙う父と子の復讐の刃！正統派教養小説の旗手が贈る激動と感動の第7弾！

水妖伝　御庭番宰領
大久保智弘［著］

信州弓月藩の元剣術指南役で無外流の達人鵜飼兵馬を狙う妖剣！　連続する斬殺体と陰謀の真相は？　時代小説大賞の本格派作家、渾身の書き下ろし

孤剣、闇を翔ける　御庭番宰領
大久保智弘［著］

時代小説大賞作家による好評「御庭番宰領」シリーズ、その波瀾万丈の先駆作品。無外流の達人鵜飼兵馬は公儀御庭番の宰領として信州への遠国御用に旅立つ。

吉原宵心中　御庭番宰領3
大久保智弘［著］

無外流の達人鵜飼兵馬は吉原田圃で十六歳の振袖新造・薄紅を助けた。異様な事件の発端となるとも知らずに……ますます快調の御庭番宰領シリーズ第3弾

秘花伝　御庭番宰領4
大久保智弘［著］

身許不明の武士の惨殺体と微笑した美女の死体。二つの事件が無外流の達人鵜飼兵馬を危地に誘う…。時代小説大賞作家が圧倒的な迫力で権力の悪を描き切った傑作！

仕官の酒　とっくり官兵衛酔夢剣
井川香四郎［著］

酒には弱いが悪には滅法強い！　藩が取り潰され浪人となった官兵衛は、仕官の口を探そうと亡妻の忘れ形見・信之助と江戸に来たが…。新シリーズ

ちぎれ雲　とっくり官兵衛酔夢剣2
井川香四郎［著］

江戸にて亡妻の忘れ形見の信之助と、仕官の口を探し歩く徳山官兵衛。そんな折、吉良上野介の家臣と名乗る武士が、官兵衛に声をかけてきたが……。

斬らぬ武士道　とっくり官兵衛酔夢剣3
井川香四郎［著］

仕官を願う素浪人に旨い話が舞い込んだ―奥州岩鞍藩に、藩主の毒味役として仮仕官した伊予浪人の徳山官兵衛。だが、初めて臨んだ夕餉には毒が盛られていた。

逃がし屋 もぐら弦斎手控帳
楠木誠一郎［著］

隠密であった記憶を失い、長屋で手習いを教える弦斎。旧友の捜査日誌を見つけたことから禍々しい事件に巻き込まれてゆく。歴史ミステリーの俊英が放つ時代小説

ふたり写楽 もぐら弦斎手控帳2
楠木誠一郎［著］

手習いの師匠・弦斎が住む長屋の大家が東洲斎写楽の浮世絵を手に入れた。だが、落款が違っている。版元の主人・蔦屋重三郎が打ち明けた驚くべき秘密とは…

刺客の海 もぐら弦斎手控帳3
楠木誠一郎［著］

弦斎の養女で赤ん坊のお春が拐かされた！ 娘を救うべく単身、人足寄場に潜り込んだ弦斎を執拗に襲う刺客！ そこには、彼の出生の秘密が隠されていた！

栄次郎江戸暦 浮世唄三味線侍
小杉健治［著］

吉川英治賞作家の書き下ろし連作長編小説。田宮流抜刀術の名手矢内栄次郎は部屋住の身ながら三味線の名手。栄次郎が巻き込まれる四つの謎と四つの事件。

間合い 栄次郎江戸暦2
小杉健治［著］

敵との間合い、家族、自身の欲との間合い。一つの印籠から始まる藩主交代に絡む陰謀。栄次郎を襲う凶刃の嵐。権力と野望の葛藤を描く渾身の傑作長編。

見切り 栄次郎江戸暦3
小杉健治［著］

剣を抜く前に相手を見切る。誤てば死—何者かに襲われた栄次郎！ 彼らは何者なのか？ なぜ、自分を狙うのか？ 武士の野望と権力のあり方を鋭く描く会心作！

残心 栄次郎江戸暦4
小杉健治［著］

吉川英治賞作家が〝愛欲〟という大胆テーマに挑んだ！ 美しい新内流しの唄が連続殺人を呼ぶ…抜刀術の達人で三味線の名手栄次郎が落ちた性の無間地獄

木《こ》の葉《は》侍 口入れ屋 人道楽帖《ひとどうらく》
花家圭太郎［著］
腕自慢だが一文なしの行き倒れ武士が、口入れ屋に拾われた。江戸で生きるにゃ金がいる。慣れぬ仕事に精を出すが……名手が贈る感涙の新シリーズ！

密 謀 十兵衛非情剣
江宮隆之［著］
近江の鉄砲鍛冶の村全滅に潜む幕府転覆の陰謀。柳生三厳の秘孫・十兵衛は、死地を脱すべく秘剣をふるう。気鋭が満を持して世に問う、冒険時代小説の白眉。

影法師 柳橋の弥平次捕物噺
藤井邦夫［著］
南町奉行所吟味与力秋山久蔵と北町奉行所臨時廻り同心白縫半兵衛の御用を務める岡っ引、柳橋の弥平次の人情裁き！ 気鋭が放つ書き下ろし新シリーズ

祝い酒 柳橋の弥平次捕物噺2
藤井邦夫［著］
岡っ引の弥平次が主をつとめる船宿に、父を探して年端もいかぬ男の子が訪ねてきた。だが、子が父と呼ぶ直助はすでに、探索中に憤死していた……。

宿無し 柳橋の弥平次捕物噺3
藤井邦夫［著］
南町奉行所の与力秋山久蔵の御用を務める岡っ引の弥平次は、左腕に三分二筋の入墨のある行き倒れの女を助けたが……。江戸人情の人気シリーズ第3弾！

道連れ 柳橋の弥平次捕物噺4
藤井邦夫［著］
諏訪町の油問屋が一家皆殺しのうえ金蔵を破られた。湯島天神で絵を描いて商う老夫婦の秘められた過去に弥平次の嗅覚が鋭くうずく。好評シリーズ第4弾！

夏椿咲く つなぎの時蔵覚書

松乃 藍［著］

父は娘をいたわり、娘は父を思いやる。秋津藩の藩金不正疑惑の裏に隠された意外な真相！ 鬼才半村良に師事した女流が時代小説を書き下ろし

桜吹雪く剣 つなぎの時蔵覚書2

松乃 藍［著］

藩内の内紛に巻き込まれ、故郷を捨て名を改め、江戸にて貸本屋を商う時蔵。春…桜咲き誇る中、届けられた一通の文が、二十一年前の悪夢をよみがえらせる…

蓮花の散る つなぎの時蔵覚書3

松乃 藍［著］

悲劇の始まりは鬼役の死であった。二転三転する事件の悲劇と真相……。行き着く果てに何が待っているのか？ 俊英女流が満を持して放つ力作長編500枚！

誇《ほこり》 毘沙《びしゃ》侍 降魔《ごうま》剣1

牧 秀彦［著］

奉行所も火盗改も裁けぬ悪に泣く人々の願いを受け竜崎沙王ひきいる浪人集団〝兜跋組〟の男たちが邪滅の豪剣を振るう！ 荒々しい男のロマン瞠目の新シリーズ！

母《はは》 毘沙侍 降魔剣2

牧 秀彦［著］

吉原名代の紫太夫が孕んだ。このままでは母子ともに苦界に身を沈めてしまう。元弘前藩士で兜跋組の頭・竜崎沙王は、実の妹母子のため剣をとる！ 第2弾

男《おとこ》 毘沙侍 降魔剣3

牧 秀彦［著］

江戸四宿が、悪党軍団に占拠された。訳あって江戸四宿のそれぞれに向かった〝兜跋組〟四天王は単身、乗っ取り事件の真っ只中に。はたして生き延びられるか？

二見時代小説文庫

日本橋物語 蜻蛉屋お瑛
森 真沙子［著］
この世には愛情だけではどうにもならぬ事がある。土一升金一升の日本橋で店を張る美人女将が遭遇する六つの謎と事件の行方……心にしみる本格時代小説

迷い蛍 日本橋物語2
森 真沙子［著］
御政道批判の罪で捕縛された幼馴染みを救うべく蜻蛉屋の美人女将お瑛の奔走が始まった。美しい江戸の四季を背景に人の情と絆を細やかな筆致で描く第2弾

まどい花 日本橋物語3
森 真沙子［著］
〝わかっていても別れられない〟女と男のどうしようもない関係が事件を起こす。美人女将お瑛を捲き込む新たな難題と謎…。豊かな叙情と推理で描く第3弾

秘め事 日本橋物語4
森 真沙子［著］
人の最期を看取る。それを生業とする老女瀧川の告白を聞き、蜻蛉屋女将お瑛の悪夢の日々が始まった…なぜ瀧川は掟を破り、触れてはならぬ秘密を話したのか？

旅立ちの鐘 日本橋物語5
森 真沙子［著］
喜びの鐘、哀しみの鐘、そして祈りの鐘。重荷を背負って生きる蜻蛉屋お瑛に春遠き事件の数々…。円熟の筆致で描く出会いと別れの秀作！叙情サスペンス第5弾

遊里ノ戦《いくさ》 新宿武士道1
吉田 雄亮［著］
宿駅・内藤新宿の治安を守るべく微禄に甘んじていた伊賀百人組の手練たちが「仕切衆」となって悪を討つ！宿場を「城」に見立てる七人のサムライたち！